大方
sight

一些鲜有提及的人物和故事，一种独特的叙述方式。

——胡凌云（作家，乐评人）

从没想过音乐可以如此融入文字中，我是说，音乐不仅被描述、被引用，而是在形式上、抽象精神上，乃至节奏上，都得到完美的移植。比如读完《中场休息》的时间恰好听完《On Fire》专辑！莫之的文字不求热烈的虚华外表，却依然引动了澎湃的情绪。而在情感建构的过程中，也复现了他走过的、熟稔的那段（光明的与黑暗的）摇滚史。

——肥内（影评人）

我从《310》开始阅读王莫之，那本小说值得向所有上海人推荐，《安慰喜剧》是他的新作，有他对当代上海的独到观察。

——B6（音乐人）

知道王莫之是通过他在十多年前为《城市画报》写的一篇乐评，内容是对我当时所在乐队刚发行的专辑的碟评。文章写得很犀利，对音乐中的不足提出了一针见血的批评。王莫之的小说写作里更多展现的是作者个人的情感和体验，和他的乐评如同硬币的两面，试图用更贴近本质的方式去记录和重现那些终将逝去的东西。

——吴建京（音乐人）

安慰喜剧

王莫之——著

中信出版集团 · 北京

图书在版编目（CIP）数据

安慰喜剧/王莫之著. --北京：中信出版社，2018. 8
ISBN 978 - 7 - 5086 - 9034 - 6

Ⅰ. ①安… Ⅱ. ①王… Ⅲ. ①长篇小说–中国–当代 Ⅳ. ①I247. 5

中国版本图书馆 CIP 数据核字（2018）第 117152 号

安慰喜剧

著　　者：王莫之
出版发行：中信出版集团股份有限公司
（北京市朝阳区惠新东街甲 4 号富盛大厦 2 座　邮编　100029）
承 印 者：浙江新华数码印务有限公司

开　　本：880mm×1230mm　1/32　　印　　张：8.5　　字　　数：160 千字
版　　次：2018 年 8 月第 1 版　　印　　次：2018 年 8 月第 1 次印刷
广告经营许可证：京朝工商广字第 8087 号
书　　号：ISBN 978 - 7 - 5086 - 9034 - 6
定　　价：48.00 元

目录

楔子

天气真好。在浦江镇的一个公交站点，好些人把手举过双眼，透过南北向车辆扬起的尘土，眺望那些被红灯拦下的公交车，不时还回望站牌。站牌实在太多，信息爆炸到让正常人恐惧选择。不少线路存在某一段的重叠，有无空座，车况如何，这让去召稼楼踏春的游客颇为纠结。陈玲的父母幸免于此，他们此行是去扫墓的，通往目的地只有一条 175 路。可是，他们的表情并不轻松，女儿迟到，哪站下车，这都让老爷子的舌头无视口罩的防守，对着老伴上蹿下跳。

终于，女儿来了。陈玲赶忙向父母道歉，把责任推给一个临时加塞的采访。三口之家的版图和谐补全。迟到者仰视站牌，发现多数线路已经把这一站的名字更改为“沈杜公路”。估计再过几年就没有人记得“航天博物馆”了——它从未落成，或许，只是一个规划，一则笑话。陈玲想起前夫，以及多年前的一个下午，当时召稼楼在市区几无名气，作为古镇老街，远不如七宝、朱家角那么喧嚣，那么同质化，是家里祭祖之后吃中饭的首选。清明之前的召稼楼，春风里飘着清甜，通常，他们会在临桥而建的乡村酒楼用餐，选一张景观桌，点一些农家菜。这一顿总是吃得格外丰盛，赛过年夜饭，就陈玲的父母而言，一年里也许就这样一次机会，能够和女儿女婿同桌就餐。女婿的工作太特殊了，即便春节也有爽约的变数，以至于扫墓的时间还得迁就他。陈玲记得很清楚，那天吃完饭，前夫开着车，颇为抵触地听从她的新指示，寻找航天博物馆。谁都不知道航天博物馆的确切方位，是否真实存在，但是，既然八号线的终点站以此命名，附近还有大批公交车在它的名义之下聚拢、停靠，那么，陈玲就有理由确信，它是存在的，起码有一个在建的工地，只不过还没找到罢了。

想起这些，陈玲不由得耻笑自己。有时候，她对上海的好奇心会成为亲友们的负累，可她就是那么任性呀。她在十几个公交站牌上寻找航天博物馆的遗迹，居然还有几条线路不知悔改。

“相信我呀，肯定是乘到赵家宅。”一旁的父亲为了说服老伴，喉咙渐响。陈母并不示弱，固执地要女儿用手机上网核查。就在查而未决的当口，笨重的175路喘着粗气进站了。这破旧的公车，仿佛市区淘汰下来的，稍微提点速度就把坑洼的路面震得哐当响。但这并不妨碍多数乘客的好心情，有一位中年男子，听到陈母向司机问路，自信地插嘴道：

“乘到赵家宅。”

司机闷头开车，变速箱被他的右手折磨得剧烈咳喘。一位中年女士背靠司机，坐在逆车向的座位上，与闻了一切，微笑着与陈父攀话，对于扫墓都能迷路表现出足够的兴趣。

“往年都是开车子过来的。”陈父正色道。既是挽回形象，也为了体现本地人对家乡的熟稔、热爱，他主动介绍起祖坟的动迁，大概的来龙去脉。

“乡下头老早都是土葬哦？”女士问，“房子动迁起来便当，死人动迁起来倒是蛮讨厌的啦。”

“是的呀，”陈父说，“时间长了，尸骨也凑不齐，村里派小青年过去挖，有的还没挖着呢！没挖着怎么办呢？就刨了点烂泥，搬到新的墓地去，这就算是迁过去了。”

“那么挖着的呢？”

“挖着的再烧呀，现在的墓地，豆腐干眯眯小，怎么埋得进去？”

“真不容易啊，当个死人也是蛮辛苦的哦。”聊到这里，女士方才想起询问这祖坟的原址。她听了答案，立马变脸：“搞了半天，我们现在住的世博家园以前是坟墩头啊。”

“闲话不能这样讲，”陈父严肃道，“泱泱中华，上下五千年，你住的地方以前派啥用场，怎么讲得清爽！”

女士诡秘地笑了，说：“不要紧的，我们压得牢。”然后她就开始拆剥零食，猪肉脯、黄鱼干、鱿鱼丝，摇摇晃晃吃到召稼楼。两扇门哐当一响，前门中门泄洪一般，车厢里撤出大量空座，陈父不为所动，他仍旧站着，只是身量矮了，透过灰蒙蒙的车窗，打量那几栋粗劣的仿古建筑，嘴里念念有词。

司机的缄默在继续。他更关心乘客在冷门站点抵达之前的反应。他会看着正前方的路况给他们一个机会。“下去的有吗？”如果没有回声，他就默认下一站可以省略。就这样，车子带着脾气在赵家宅停了下来，停了不足十秒。陈玲最后一个落地，被预备加速的车身带得差点摔跤。

街沿空荡荡的，路心却相当忙碌，所有声响凝结为车辆飞驰的呼啸。三人参照记忆前行，右手边是农田与村落的奇妙组合：荒草成堆，河渠发黑，油菜花绵延。母女驻足于后者的鲜艳，擎着手机赞美，相互留下倩影。这加深了为父的不满。他用宣叙调责备两个没见过世面的女人，一边回忆上世纪油菜花盛开的规模。队伍的前进时断时续，因为无名的植物、缄默的家鹅以及卖家失踪的草莓摊。陈父冲在前面，面前是普静绿园的指示牌，它悬在半空，邻近有一处公交站，一辆 175 路在他的眼皮底下停拢过去。他很无奈，留步等待后续支援，好些私家车从他身边呜呜飞驰而去。一些黑白相间的小花吸引了他。

“看见吗，蚕豆开花了。”陈父吆喝道。陈玲跑过来看，溢美不断；她的母亲还唱起了越剧，唱词升级为“蚕豆开花黑眼睛”。这让当父亲的感念起陈玲的幼年，和她奶奶坐在老房子门口剥自家种的蚕豆，几只老母鸡领了一群小鸡散步。一转眼，奶奶也搬进普静绿园了，与爷爷为伴。陈父有点牵记小外孙，这牵记无关那个混账女婿，但是女儿放弃小孩的抚养权实在太费解，他无法面对这样的创口。好在离婚协议书还没有签字，他还有机会规劝女儿，他琢磨着等扫完墓，必要和女儿恳谈。他被一种劝解的紧迫感攫住了，甚至还没开口，洋洋洒洒说清楚，就已经感到口渴。他想喝水，矿泉水纯净水，不含糖的饮料都可以。可眼前是一望无际的公路、农田，车站的对面又露出了一个无人看管的草莓摊。他四处环顾，确定没有买水的可能，大声问女儿，包里有水吗？

“只有可乐。”

第一折

嫉妒圆舞

1

最初听致晖讲起他那早夭的婚姻，陈玲倒是挺平静的。听众远比被迫上台的演讲者淡定。

“哦，是这样啊。”陈玲应道，吸一口芒果宝宝，粉色的唇彩印在吸管上，如同墓碑上的残月，拓在致晖的脑海里，随着岁月的流逝，却越发完整、清晰。还有她额头上的一小块乌青，致晖特别记得，那是被六百毫升的红色塑料瓶砸出来的。

他尽量避免目光相遇，尤其在他主讲的时候。那时，陈玲与前夫的离婚谈判已近尾声，除了析产的论辩，清晨和午夜的同居时光过得活像一部无声残片。致晖是她看电影新结识的朋友，聊到尽兴，她就觉得他简直是交响乐团，特别管用。

“离婚是逃不掉了，”本着布道的精神，陈玲对单位的信男信女们说，“十二年的感情，真没劲。”同事们来劲了，有人担忧小孩的未来，有人关心婚纱照的善后，七成是陈玲的个人写真。想起当年的婚宴、如今的婚房，是怎么被这些照片装潢成了画廊，陈玲幽幽叹道：“我也不晓得怎么办。”

孩子可以丢给老公，照片就很麻烦。烧掉？烧死他也就算了，可自己还活着，特别无辜。她惊讶自己居然有点迷信，平时不信那一套，真轮到自己了，心理暗示就上线猛敲警钟。扔掉也是一种出口。可是扔了之后难免不被拾荒的捡去？想到自己的照片被陌生人挂在网上吐槽，她的脸面已经挂不住了，就像那些文化名人遭遇性丑闻。藏在家里也不妥，上千张照片，好几十本，占地方不说，她不信自己能够与之和平共处。

对陈玲来说，这婚纱照的善后问题竟然比自己的亲生儿子还让人烦心，她很想找些过来人讨教。

半年后的陈玲神清气爽。她和前夫位于瑞虹新城的家终于卖掉了，七百万的房款平分，收到支票，她才在离婚协议书上签字。她预备置办房产，下了四处取经的决心，不假思索，把致晖位于嘉定新城的婚房排在第一站。三室两厅，十三楼，女主人缺席了大半年，这段日子，致晖和父母蜗居在静安区，偶尔，三口之家会回婚房度个周末。致晖妈妈的脚码太大，所以在致晖翻箱倒柜想替陈玲物色一双合适拖鞋的当口，陈玲已经打赤脚闯了进去。客厅不小，因为摆设少，很是空阔。墙上大块的留白让她想起某个夜晚，当时她和致晖看完电影正在饭店补吃晚饭。致晖对于这种饭局是有顾虑的，它不像看电影，是在一片漆黑的环境下。中国毕竟是法制社会，在法律上，陈玲毕竟还没离婚，他担心会给她的老公留下把柄。“嗳哟，怕啥啦，”说着，陈玲吸一口芒果宝宝，“又不是我外插花。”她并不想嗔怪什么，只问致晖是怎么处理婚纱照的。后者低头吃烤串，半晌，皱眉道：“全部堆在床底下头。”她心想自家床底也堆东西，安置各类床上用品的外包装，换季的时候总要趴到地上忙活一阵。如今，她有幸得见致晖说的那张床，她指着朝南的卧室，问身后还在整理拖鞋的事主：

“是这张床吗？”

“你要做啥？”致晖抬头道，神色恍惚，仿佛心事被揭穿。

“想看看你藏的照片呀。”她在嗤笑。

“不要瞎搞。”他起身，快步试图将她捆住。因为有了力阻的念头，他那有着漂亮线条的双臂，蟹螯一般，勒抱她的腰部。“做啥啦！”因为挣扎，她的锁骨与裙子的吊带被他的下巴连续点击。“哎哟……哈哈。”她嬉笑不止，身体还在往前冲。于是，四只脚贴合，踏着眩晕的舞步，仿佛受了命运的遥控，摔倒在席梦思上。等到视线恢复，她发现自己成了汉堡的一部分，被他、床以及那些婚纱照夹在中间。她平静的表情鼓舞了他的胡须，往她的脸上、胸前扎去。美妙的盛夏，剩下的就是裙子上撩，窗纱拉紧，这符合绅士风度。后来，裙摆因为重力盖没了她的下巴。她的腿肚子在他的脖颈上摩擦。他有一种在演奏倍低音萨克斯的快感，而且是自由爵士，唇舌与肌肤的奇幻二重奏。随后，实在是因为脑充血，气温也嫌高，她颤抖着请求暂停，口水都飞到眼睛里了。趁着间隙，他把自己剥光了，威武地站着，左手平举遥控器，整个人像极了“寸”字。待到空调出风，再从热风切换为冷风，平躺在她边上的他就变成了部首“亠”。

“慢点，”致晖停了下来，说，“我到客厅去放点音乐，我这套音响蛮好的，要么放张黑胶，你想听点啥?”

前所未有的感官世界，他的机能与技能让她深深折服，以至于日后跟同事论及两性话题，加倍地嘲讽前夫：

“签字之后我就跟他说，你从来没让我满足过。”

那些人夫、人妻沸腾了，尺度升级。他们以为她会再婚。她断然否决：“现在这样蛮好，好就好，不好就分掉。”

“那他是啥态度啊?”同事们还没见过她的新男友，也不知道他的名字。

“他啊?他终归是想结婚的。他妈还想抱孙子呢。”她一面说，一面刷手机微博。婚虽然已经离了，她还是放不下那个小三。“春风沉醉”是个高调的湘妹子，微博定期更新。通过微博，主要是通过精修的自拍照，陈玲得以在前夫的生命里继续潜伏。这在她的同事里不是秘密，因为有点上纲上线的新闻，她都乐于唤醒他们的道德意识。这一习惯始于她对前夫的QQ的一次观摩，启发了她的同事，把这个微博当娱乐新闻关注。私底下，尤其是在陈玲外出的时候，编辑部倾向于发表一些异见："九零后"的"春风沉醉"比她美艳，而且做的辣酱非常可口；她的脾气和性格或许让前夫活得很痛苦；这段感情在她的身心镌刻得太深，她心里明白，只是不愿承认罢了。这些，当着陈玲的面全是禁忌，只有主编有底气和她提，即便提，也绝不会涉及几位同事常在"春风沉醉"的淘宝店里买辣酱之事。主编只盼着陈玲赶紧放下这段过期的感情，望她活得积极、洒脱。可她无论如何都做不到。

最近几周，每每激情之后，陈玲照例要求致晖抱她，抱紧她，他们侧躺着，前胸贴后背，仿佛水产市场冰霜上的一对明虾。不仅是姿势，朝向也有讲究，脚底心必须面向床头。有一回，面对致晖的询问，陈玲把这一习惯归结为某种纪念，纪念他们在嘉定的初体验，无意识地以此收尾——那回在嘉定，陈玲躺在致晖的婚床上，几乎哭了，想起大三的某个午后，酒店床单的廉价洗衣粉气味，她和前夫如何创造这个仪式；致晖呢，喘着粗气，思绪在前妻和陈玲之间流动，还有另一个女人，一种遥远的丰满，为了抵达那久违的肉感，他揉捏起了陈玲的屁股。是呀，他告诉自己，前妻就在床底下躺着。最后，两个离过婚的女人换了一种方式达成和解。因为陈玲的一再坚持，致晖翻出那五本影集，两具裸体坐在床沿，喝着可乐，翻看婚纱照。陈玲很得意，他的前妻全方位地逊色于自己，可惜，这份得意并不持久，当她翻到第二册的时候，肠道的剧烈蠕动送她去了厕所。

2

陈玲的前夫姓秦，是位演员，比陈玲小一届。当年，戏文系的男同学普遍嫉恨秦先生，他们高攀不上表演系的美女，难得本系出了一位女神，还是有缘无分。

秦先生在表演系属于鲜肉里的咸肉，他不奶油，也不硬汉，国字脸，棱角分明，沾点书卷气，笑起来附赠一对梨涡。最近三年，秦先生有半数的时间在各省的影视基地配戏，演一些只有几十句台词的边角料，从陈玲的角度，前夫的这些工作演和没演并无分别。首先，她从来没见过那些片酬，包括离婚析产的阶段，这些收入好似传说中的宝藏；其次，他参与的电视剧，只有两成不到的概率能在电视上顺利播送。以往的他，对于电视剧明明那么抵触，近几年情势反转，他突然找到了面对镜头的乐趣。总之，当他不想在这个家里浪费生命的时候，他就会对陈玲说，接着要到外地拍戏了，大概要去多久。照例，他会情意绵绵地吻她，拥抱她，像王子唤醒睡美人。他很少提戏的名字，通常以“垃圾”两字代替，去百度百科，去豆瓣，去任何有影视剧资料库的网站查他的个人页面，也没有任何线索能够证实他近几年的奔波。陈玲最近一次在荧幕上瞥见他，惊奇地发现他胖了，胖了整整一圈，身上还多了一件白大褂，登场不久就挨了女友（剧中女一号）一记老翅膀。她看到前夫在电视里被女友掌掴，被小三叱责，就耐着性子把整部剧给追完了。前夫的戏份实在太少了，这部剧虽然很火，他却没能在观众心中打下印记，远不如他的配音事业有影响力。总的来说，配音在他主要是一门营生，是退而求其次。好在这类赚钱的活计来去匆匆，他认为自己躲在幕后，还丢得起这个脸，所以从他成为一名舞台剧演员的那天算起，很少拒绝配音这门艺术。他明白，走进录音棚正如油漆匠来到工地，无论是戏，还是演员，只是一件商品、一份工具。他替好些一线男星代言，他的个人微博，粉丝数量常年停滞在五位数，有一半源自对他的诗意声线的认可，剩余的，归功于他在话剧舞台上的拼搏。

“如果你只是一个话剧演员就好了，一辈子只活在舞台上，”正式离婚的那天，陈玲这样赠别秦先生，“你在舞台上还是不错的。”

“谢谢，”秦先生说，“无论这话有多少挖苦的意思，我都得感谢你，没有完全否定我，这对我来说已经是个很好的结局了。”出于感激，秦先生提出开车送陈玲一程。陈玲扭头走了。离晚上的约会尚有几个小时，她还没有拿定主意，是回长乐邨还是公司，抑或在马路上闲逛，找个地方喝杯饮料。

午后的阳光如同糖浆包裹着她。她在一家房产中介的橱窗逗留了几分钟，那些咋舌的数字具有教育意义。她明白自己在长乐邨的流亡生活最好是以月来度量，购置房产之事必须抓紧。她终究得有一个归宿。念及当年和前夫一起买房的风雨，她落寞地回望了一眼。她想起与前夫结缘的那天，也是这般的好天气，在一个不是舞台的舞台，在大二的上半学期。学校当时正在举办国际小剧场戏剧节，有一部日本肢体剧是在大帐篷里演的，所有观众必须脱了鞋子进去。戏很精彩，富有启示性，摆在今天并不稀奇，在国外也就是平均水准，但在当时，陈玲仿佛药物过敏，浑身起疹子。观众与观众，观众与演员，贴得那么近，以至于能在记忆里闻到一股臭脚丫子的味道，还有沙子的刺鼻。她是屏气凝神看完了全程，谢幕的时候，禁不住地鼓掌，大喊“Bravo”。只有她这样喊，站起来喊，那两位只靠一条平角裤蔽体的男演员绅士地向她鞠躬，他们的身上散布着汗液黏附的黑色沙子以及沙子与皮肤剧烈摩擦之后的粉红色斑。那堆沙子是整场表演的唯一道具。另一位女演员比他们多穿了一个文胸。观众背靠帐篷端坐，围成钟表的圆圈，三位演员好似拆散了的秒针分针时针，毫无逻辑地在圆心位置的沙堆里匍匐、翻滚、旋转，表演各种忽快忽慢的危险动作，快的时候很快，慢的时候极慢。演后谈的部分，前夫和日本艺术家彼此操着蹩脚的英文，敦促“交流”这个怪物往前走。陈玲耐着性子听完了。其他观众早散了。

出帐篷，穿鞋，她睃了他一眼——深蹲着，单膝悬空，几乎着地，好似在谢罪，祈求一个革新的机会。再见面还是这个姿势，还是校内，脑袋歪得更厉害一些，为的是检索图书馆书架最底下的那层。书架之间的过道是如此狭窄，她想要过去，而他刚刚蹲下来，他的屁股往一侧的书架靠，她的裤脚贴向另一侧，即便如此，还是有摩擦。等到他起身，手里多了一本书——《对一种现代戏剧的追求》。像干了坏事的学生被老师撞个满怀，他捧着书，木头木脑，呆呆望着她。后来回忆起这一幕，他说，当时因为找书深蹲的时间有点长，猛一下子起来犯晕，脑袋嗡嗡的，眼前一片黑。“你那是肾虚，”陈玲厉声应道，“没别的原因，肯定是手淫过频。”

3

一场暴雨留他们在嘉定多待了一小时。陈玲躺在致晖的婚床上，近十余年的部分记忆交替涌现。整个人是蜷曲的，就像后来回市区的地铁上的广告单页，蜷曲之后，插遍了车厢的吊环，追忆着曾经的暴走与派发。此刻，列车近乎空载。窗玻璃上满是雨珠，让人想起高峰时段的乘客，在有限的空间拥挤出无限的纹饰，又因为车速提减，随之东倒西歪，碎成更小更多的颗粒，然后汇成新的线条。致晖和陈玲安坐着，欣赏对面“大黑屏”的雨景模仿秀，魔术一般，广告单页配合着从天而降。由于长时间的蜷曲，那些广告无法恢复本初的平正，成了信息不全的残篇。陈玲留意到的信息是“首付4.8万”，“4”字大得离谱，仿佛某些宣传画里的伟人形象。

远处传来歌声。一对青年乞丐，男的举着话筒，一首情歌从他胸前的书包抒发开来，女的跪在地上，若干硬币在她手中的杯子里相互撞击。等到情歌远去，致晖问陈玲：

“你讲他们是啥关系啊？”

“同事关系。”

“照你这样讲，那他们就是办公室恋情喽。”

“胡说八道，我哪里讲过他们是一对啊？”

“你说他们是同事，我觉得他们是一对，那不就是办公室恋爱吗？”说着，致晖伸手环抱陈玲，把她惊讶的表情贴到自己的眼皮子底下。她无力反驳，僵直的身体渐渐软糯下来，有了弧度。

他们是在地铁上相识的。某种程度，电影《甜蜜的生活》扮演了那个顽劣的丘比特，但是，如果把红线都交由导演费里尼去牵，好像又有点牵强。那天在电影博物馆的4K高清放映吸引了大批影迷，现场也不是传统院线的对号入座，单是这样一个契机是拉不动弓箭的。

“如果不是那个傻逼，我们就不会漏看那么多。”《甜蜜的生活》放完了，陈玲留在座位上，不愿放过数小时之前与她起冲突的男子。观众们陆续离场，也有一小部分坐望，和陈玲一样，等现场稍事倾空再撤。“是的呀，是有点可惜，”一旁的致晖低头附和，眼里尽是陈玲的腿部线条，“不知道这部电影下次再放是什么时候。”陈玲比较放得开，左肘枕在前排的椅背上，手掌托下巴，再次打量致晖：“上次是零七年。上海电影节的时候，我在大宁看的。看光已经是凌晨了。”致晖终于有勇气单挑陈玲的目光：“上次我没看着，去北京出差了……”对话突然停滞，为了良好的气氛能够延续，他不假思索地凝视道：“那么，上次你看全了吗？”陈玲摇摇头，感叹道：“上次也迟到了。而且当中还睡着过。”致晖极想问她上次观影可有人作陪，从他嘴里姗姗来迟的却是一个“哦”字，裹着傻乎乎的语调，随即自救一般，抖了一个机灵：“看起来想要看全要等一九年喽。”陈玲是真没听懂，傻白甜地询问原因。他就换了一副聪明面孔，正色道：“因为上次跟今天差了六年呀。”

现场的灯一排一排灭了。此前，有一个工作人员残忍地向他们宣布，电影早已结束，请尽快离场。他们不再像先前那样坐着，靠得那么近，在彼此的眼里，各自的形象也模糊起来。镜头微微颤抖，色调也变了。他们顺着离散的人潮，从昏暗狭窄的影业路弯进被街灯染黄的漕溪北路。冬日的傍晚，天黑得有点醉人。还是陈玲嘴快，有一点报复秦先生的倾向，希望借一顿晚餐来答谢致晖的仗义出手。致晖早有此意，酝酿了两个多小时，和陈玲坐在黑暗里的甜蜜时光，他总是出戏——等下怎么开口，等下去哪吃饭。在筛选餐厅的过程中，下午发生在人民广场站的狂奔片段成了他们的开胃菜。那是类型片常见的追逐戏，猥琐男和妙龄女，只不过前后顺序颠倒了，追的人变成了陈玲，骂骂咧咧，右手几乎要把高跟鞋拔下来当手榴弹用，她的身后还拖着一位热心肠，致晖提着一款红白纹饰的坤包，仿佛百米接力，试图把亮闪闪的奢侈品递上去。

“跟一个女人抢座位，这种男人一辈子不会有出息的。”即使是点完单，陈玲仍旧不肯放过那个男人。

“他也是刚刚失业，心情不好。”

“心情不好就可以拿可乐瓶砸我啊？”说着，陈玲条件反射地抚摩额头，半边眉骨紧锁，嘴都痛尖了。致晖拆开餐桌上的湿巾，打了个浮夸的响指，问路过的服务生讨要一杯冰块，建议冰敷。

他们继续聊天，深入介绍自己。聊的无非是下午看的电影，对《甜蜜的生活》和费里尼的评论，以及评论的评论。还有魏斐德、熊月之，他们发现彼此都对上海的隐秘存有兴趣，去看巴拉德、横光利一的小说，主要源于对故事背景的偏爱。他们有太多的相似，这些相似进一步改善了陈玲的心情，尽管这些相似也引发了一堆排异。餐桌上一度弥漫着火药味，但在感恩、猎奇或者别的情感激流的冲刷下，言行得体。所以，香辣烤鱼、干锅牛蛙的嗞嗞登场，没能引起什么爆炸，倒是带动了饭店的饮料销量。他们聊得如此热烈，只有膀胱的愤怒能够申请一个暂停，然后目送着对方背影的渐次消失，换个姿势，扭转脖颈，或者，让躲在肠道的气体赶紧开溜。

“你对细节很敏感啊。”陈玲说。

“是呀，以前有个老师教我怎么读小说，她的那套东西在我身上后来发展成了强迫症，如果说作者是创造小说的上帝，那么我们的人生就是上帝创作的小说。”致晖说，因为习惯了根据细节去分析文艺作品，以至于把他的人生搞得一团糟，有很多穿凿附会的东西，自己吓自己。“这个事情很讨厌，我自己都懂，就是摆脱不了。”他说得有点绕，陈玲并不理解，光顾着留神他用湿巾擦嘴的模样。

“有点可惜。”致晖改说上海话。

“可惜啥?”

“我讲你既然是科班学这个的，应该去写剧本呀。”

“这个世界的平庸还不够多啊，我就不添乱了。”这回答让致晖意外，恭维的指针顿时大乱。“除非有很吸引我的故事，或者有哪个点打动到我了，”陈玲思忖道，“我以前倒是写过话剧剧本的，交毕业作品呀，回头看看还是蛮幼稚的，上海的话剧市场一直不好，审查又严，把我毕业后的那点热情也磨光了。最近环境感觉好一点了，刚刚也跟你讲了，我先生是那个圈子的，你让我现在再跟他们打交道，你讲还有可能吗?这也就是我们不熟，我跟你讲一句心里话。”

“可惜啊。”致晖哀叹道。

陈玲不清楚对方在痛惜什么，接着数落：“这样讲吧，老早那点同学啊——整个班级现在正经还写剧本的只有一个戆女人，而且是写电视剧。电视剧就是快消品呀，过两年就没人记得了，观众也不会去关心编剧是啥人？没啥可惜的！”

陈玲见对方光是聆听，就问他平时是否写影评。他说自己不写影评，只写过一些跟电影、音乐、文学有关的随笔，还有几篇小说。

“小说有发表吗？”

“没有，以前向文学期刊投过稿，但是没回音。”

“可以在网络上、微信上发呀。”

“没啥意思。”

“那你为啥还要写呢？”

“有一部分是因为虚荣，”致晖思忖道，“对的，虚荣心。后来发觉距离太远，写得就少了。但是还是想写。没啥道理。有想法了就写。”

4

结婚之前，秦先生对陈玲有过承诺，可以不要小孩，作为补偿，他获准养了一条萨摩耶，包括给它取了一个俗气的名字——戈多。

陈玲一直怀疑戈多的性取向。她对同事们说：“好像我们家那条狗是个 gay 啊。”还举出一堆实证，往男人身上跳啊，趴到公狗的背上啊，喜欢摸杠铃，推断它只对雄性动物有好感。

戈多现在过得好吗？陈玲那天看到微博上有人在转一部新话剧的资料，李老师的照片和名字印在海报上，演员名单里还有秦先生。她想，这几天，大概戈多挺快活的，和大毛又要好了。遇上大毛，戈多就成了一条跟屁虫，一门心思表演杂技。大毛是一条纯种的秋田犬，它的主人是和秦先生同院团的李老师。李老师常年在外地拍戏，回上海的唯一理由就是话剧，一年要抽四分之一的时间回舞台。不带“小蜜蜂”，一句台词响到最后一排，这是基本功。秦先生喜欢对媒体灌输这些。

想到这，陈玲笑了。她预计一定又有愚蠢的记者提问，而秦先生也会不厌其烦地做姿态，可能还会谈他和李老师的战友关系。熟悉秦先生的人都知道，他和李老师是忘年交，兼有师徒之谊。在陈玲眼里，他就是李老师在上海的背影。秦先生的配音之路可以说是接李老师的班。李老师从上世纪八十年代开始为海外的影视剧、为纪录片、为广告配音，直到九十年代中，话剧市场严重萎靡，她才开始系统地接拍电视剧。面对媒体，李老师绝对不会说回剧场是充电，或者剧场更神圣。“宣传，就是一个宣传，我们都是文艺宣传工作者。”她看透了自己的工作性质。她的人事关系还挂靠在团里，每个演员都有一定量的演出指标，完不成年终就得罚款，当然，这点钱比起影视圈的外快就像毛毛雨。她回来纯粹是来玩的，像过年要回乡下老家。团里都喜欢她，上到领导下到门卫，都说她好，德艺双馨，黄牛也爱她，海报上打她的名字，票房不会太差。她的戏也确实好看，有时，台下比台上更精彩。那个冬天，团里排演一部根据知名小说改编的话剧，待到李老师在第二幕姗姗来迟，整个舞台俨然感染了什么病毒，演员们仿佛是从《东邪西毒》的剧组逃到了《东成西就》的片场。陈玲当时就坐在第一排，离这出戏的原著作者不过几步之遥，时不时地，偷瞄对方的反应。整个第二幕，陈玲几乎是在欢笑中度过的。这是她未曾预料的。她萌发了写戏评的冲动，还给这篇未必能够发表的文章草拟了一个副标题——上海滑稽戏的伟大复兴。事后自然是没写，她没必要去得罪谁，那位作家，牌桌上还要见面的，见了还要尊称老师，恰当的时候还要祭出一记昏招——不赌钱，输赢都开心。不过那天戏看完之后，秦先生载着大家去吃夜宵，在照明有限的轿车里，她倒是说起了这篇戏评。李老师听完，回报了一个鬼脸。

陈玲没方向了。面对李老师这样高情商的老江湖，她往往不会过于造次。如果不是秦先生的缘故，她绝不会和李老师走得那么近，和这样的人打交道倒像是在演戏。在她的字典里，情商和油滑是近义词。况且，李老师的婚史过于精彩，无论是在报端抑或坊间，还有许多未解之谜。她毕竟是干传媒的，这层身份坐在会桌饭桌的阴影里，仿佛一台录音机。也许，更警惕的是秦先生。在某个阶段，他是如此依赖李老师。陈玲有过统计，婚后的最初三年，家庭年收入超过四十万，一半是秦先生配音赚来的，好些工作还是李老师介绍的。

陈玲对秦先生的一些姿态持开放的态度。他对拍电视剧不感兴趣，当然，对赚钱这件事情还没到抵触的境地，只是不愿意蝇营狗苟，如果有人赏识他，请他拍，本子还不错的话，他愿意考虑。他也有特别忙的时候，一个礼拜要把四十集的电视剧配完，忙到陈玲戴着 3M 口罩被戈多拖着追小区里的其他公狗。她不喜欢宠物是有道理的。她对动物的毛发过敏，过敏是真实存在的，但是没她说的那么厉害。养宠物和带孩子，本质上都是考验责任心的马拉松，她更愿意置身事外，赞美别人的宝贝。等到朋友们对她的孩子说“好可爱啊”，她就尝到滋味了。天天围着孩子转，上班的时候，下午胀奶得去会议室，让同事在门外守护，她一个人贼兮兮在里面咕叽咕叽，给孩子挤口粮。月嫂告假的某个深夜，小家伙作天作地，一放下来就哭，来来回回折腾。孩子的父亲说是在外地拍戏，此刻也不知道躺在哪张床上。她一狠心，由着婴孩哭，嗓子哭哑了，力气哭没了，其间，她唯一做的就是瞪视。好几次，她想要猛地上前扼住他的咽喉，把这个叫秦天的小家伙活活掐死。

5

陈玲试图拯救致晖的那些电影随笔，让它们摆脱零读者的耻辱。更实在地说，她想试试致晖的斤两。她通过微信发送了自己的电邮地址。当晚，致晖从旧稿里选了一篇最合适的，经过精心删补，连夜发送。那是他对电影《秋刀鱼之味》的一些思考：

影片进行到三分之二，鳏夫平山找大儿子恭一商议女儿道子的婚事。他的亲自登门，缘于他从小儿子那得知，道子暗恋恭一的同事三浦，他虽然帮道子物色了对象，但是更希望有情人能成眷属。正在做晚饭的儿媳秋子出来迎接，表情不明（镜头没交代）。父亲取出牛肉饼，递给穿着围裙的儿媳，儿媳不动，不响。父亲仿佛意识到了什么，赶忙把牛肉饼转交儿子。儿子当即收下，用的是右手，而非双手，经左手，再传到老婆的右手。镜头这时切换，暴露儿媳的表情，挤出些许微笑。

数日前，道子过来送钱则是另一番滋味。正在打扫卫生的嫂子（秋子）迎接的时候笑成一朵花。随后，道子把哥哥问父亲借的买冰箱的五万元递给事主，嫂子一把夺过，含笑揭发丈夫多借了钱，为了买三浦的高尔夫球杆。就在这时，三浦带着球杆登门推销。嫂子最后一个出来相迎，表情语气和后来接待公公时的几无二致。

丈夫的父亲，丈夫的同事，难道是一个等级的存在吗？秋子反对丈夫买球杆，由此和三浦爆发了冲突（对公媳未来关系的隐讳预测?）。反刍这些细节，似乎秋子不是一个好儿媳，但是，完整看过影片的都不敢妄下断语——片尾，道子出嫁了，秋子甚至承诺会来婆家照顾。影片缺乏直接的篇幅，揭示父亲和这对夫妻的矛盾（唯一例外发生在道子婚礼前，父亲温和地劝说儿子生育），连刻画相互关系的笔墨都很吝啬，有的只是一闪而过的蛛丝马迹。它们不是独立而大写的存在，而是经过巧妙的魔术，藏在“父亲嫁女儿”的主线里。有了这样剥洋葱刺激泪腺的认识，秋子在片尾对公公平山的承诺也就黯淡了，说了比没说更残忍。她当时微笑道：“偶尔我也会过来，有事的话，打电话。”滑稽的是，接话的不是平山，而是平山的小儿子，而且用的是英语“OK”（西风东渐对日本传统家庭的破坏?）。大儿子接着说：“爸爸，我们回去了。”父亲抬头，语调低落：“什么？要回去了?”大儿子嗯了一声，此时，观众没有看到秋子，却听到她插嘴道：“会再来的。”只闻其声，不见其人，预示了一张空头支票。

女儿出嫁了，儿子儿媳回家了，鳏夫还有一个小儿子。观众知道，这小儿子也有心上人，结婚搬走不会太远。于是，鳏夫醉醺醺地哼唱起那首进行曲。这曲子时常在他爱去的TORYS酒吧响起，酒吧的老板娘经常含笑带春地问他：“要不要放那首歌?”它成了老板娘的主题曲，一再出现，每次都是纯音乐，每次都在TORYS，唯独这回例外。鳏夫醉醺醺地唱道：“进攻吧，守护吧。”

他进攻的是什么呢？守护的又是什么呢？家庭的旧格局一碎再碎，鳏夫曾经明确表达过的“续弦不干净”观点，如今也碎了。

“碉堡就在前方。”他又唱了一句。小儿子不爽了：“你究竟在唱什么？我快要睡了。”他盖上被子，并不看父亲，说：“感冒了我可不管你。”他躺在黑暗里，继续道：“睡了，明天早点起，我会给你做早餐。”父亲嗯了一声，叹息道：“所有的都靠我自己，碉堡就在前方。”

小津什么都没点破，却又什么都交代了。

随后是一组家庭空镜头，影片结束于鳏夫给自己倒水、喝水的动作。他是要醒酒冷对现实吗？还是解渴？乐观的观众或许觉得解渴莫过于续弦，最好是 TORYS 的老板娘。鳏夫第一次对家庭成员提及这位老板娘，是这样形容的：“她很像你们妈妈年轻的时候……”这就充了爱的宣言，此外，再无一句更直白的展开，倒是续弦的可能被小津从好几个角度接连诅咒。道子的婚礼过后，鳏夫去 TORYS 买醉，老板娘见他一身正装，问道：“今天从哪里回来呢？是葬礼吗？”他微笑道：“嗯，也可以这样说。”然后，观众听到那首熟悉的进行曲，还有两个酒客的对话，最后两句是：“我们战败了？”“是的，我们战败了。”这是一首“二战”时期的军歌。续弦的失败其实早在鳏夫第一次去 TORYS 就注定了。可是，小津为什么要选一首军歌呢？而不是一首情歌。妙就妙在他只用了一首歌，就引出了鳏夫（曾是海军的舰长）和老部下的右翼话题讨论，同时点燃爱情火焰、熄灭幸福可能……

这篇随笔，陈玲总共看了三回。第一回对着电脑，看完，她失眠了。文章后来打印出来，成为次日的早餐伴侣。第三回则是上班路上，她抽出那叠文稿，读到后来，她满意地告诉自己，这是一封求爱信，因为文中反复强调鳏夫对酒吧老板娘有意思。这条判断如果成立，那么，他还是一个异常孤单的灵魂，他和父母，或者说，他的家庭生活非常糟糕。致晖对于细节的解码与痴迷让她震惊。如果他供职于广电总局，或者别的类似机构，那将是所有想要开拓中国市场的作者的灾难。他的心思过于阴柔绵密，和他的好身材不匹配。后续交往中，考虑到他热爱健身，婚姻早夭，没有儿女，这些发现给他的性取向投去了一道阴影。她是个直脾气，粗鲁地问了，却又多疑，对答案保持一定的距离。最后是他的吻，炙热而绵长的吻，彻底扭转了剧情。法律上，那是陈玲回归单身的日子，经过一顿晚餐、一场午夜电影，致晖破天荒想到要送她进里弄。她在长乐邨租下这套一室户，圆了住老洋房的残梦。夜幕下，她的回眸缺少节制，好似一个渴望戒指的春情少女。三楼的一台空调外机，欢快地打掩护，鼓噪得致晖丢了绅士风度，陈玲使出蛮劲才把他推开：

“好了，好回去了。”

距离他们的初邂，时间过去了半年多。致晖日后回忆起这段纯洁的恋期，发现自己跑影院是空前绝后的勤快，以至于看了那么多垃圾。他不是那种迷信大银幕的影迷。他在家里看电影有个习惯，看完第一个镜头，马上切到末一个镜头。这主要是针对那些没看过的影片，在他的眼皮底下，通常都要先吃这顿杀威棒。他从中获取乐趣，仿佛学术研究。《一一》以婚礼开场，葬礼收尾；《铁皮鼓》的第一个和末一个镜头都有苍茫的天空、外婆、浓烟以及土豆；《甜蜜的生活》的第一场和末一场戏都是噪音下的无法沟通。常常，他看到某处，由一个细节联想起另一个，鼠标无可挽救地狙击。只有播放软件的进度条会纵容他的恶趣味。认识陈玲之前，他真的很少去影院，即便去，也并非出于对陌生景点（剧情、表演、风格、结构、主题）的欲望，而是审视自家陈设（细节）的需要。任何一个镜头、一位人物、一句台词、一件道具，都可能是多余的，都可能是一道光束，正如放映员的职责，照亮整部影片。他已经习惯了，大银幕意味着重温，液晶屏意味着学习。进影院学习实在太奢侈，不是钱的问题，而是机会。2007 年，Roger Waters 在上海开演唱会。致晖入场之前就很清楚，这应该是这座城市唯一的机会。当晚的音乐他是如此熟悉，一个重要乐符响起，心潮便激起一层浪花，最后以鸡皮疙瘩的方式释放。这大概是自己唯一的机会。那天去电影博物馆看《甜蜜的生活》的路上（严重堵车，他被迫换乘地下交通），他也是这样想的，所以，当陈玲和那个男子发生争斗，弃包追出车厢的时候，他并没有迅速跟进。

干吗多管闲事呢？

经验告诉他，地铁在人民广场站的停靠不会超过一分钟，也有例外，比如那个下午，他听到广播里“稍作停留”的男声，看到周围的目光聚焦在地上那个红白纹饰的坤包，他犹豫了，不知如何是好。

6

她的人生，许多重大转变都是为了爱人，现在离了婚，仿佛一艘运载原油的巨轮沉没在了公海。

对于儿子，陈玲心存愧疚，同时也有怨恨，尤其是在母子相聚的短暂时刻。她自认为不是一个合格的母亲，难得见一次面，带回家里住一晚，就对他格外溺爱。小家伙这次过来，有了一些变化，脸长了，额头更高，还喜欢抠鼻孔，抠完还要舔一舔手指。

时至今日，她还是心存幻想，当初如果坚持不生，未必会是这般结局。传统媒体现在前景昏暗，她也有一点后悔，认为自己为了秦先生改行也是一步败招。本世纪初，戏文系的毕业生成为编剧的比例很低，陈玲那届，培养了网络小说作家、民办小学的语文教师、杂志社的广告销售、摇滚乐手以及各种文艺领域的从业者。通往剧作家的小路狭长而昏暗，还埋伏着非科班的各路强敌，相较而言，表演系的生态环境要绿色得多。她大他一届，率先面临人生的抉择。多年以后，秦先生所在院团的领导，一位非科班的资深剧场人面对镜头，这样回忆当时的话剧市场：“我进剧团的那年夏天，上海正好发大水，我还记得那天晚上，我们演的是《仲夏夜之梦》，台上的演员比台下的观众还多，几百人的剧场几乎全是空的，我坐在下面，心想自己是不是来错了地方。”

谁让陈玲出道早呢。而且在那个阶段，早慧的她已经跨界做出了一些成绩。系里好几位老师赏识她，带她见世面。大二那年，她受一家民营出版公司的委约，翻译一本学术著作，一位东欧戏剧大师的舞台随笔集。书在她的大三下半学期上市，相关的书影书评出现在一些生活类报刊的阅读版面，有的还配了采访，请摄影师到学校里把她当明星一般摆拍。在秦先生还在为一个角色的垂青而默默苦修之时，她已经被市场包装成了美女天才，在文化圈薄有名气。再加上一些前辈刻板无趣的批评，这些批评事后被证明是反向助推，好似糖衣炮弹。他们批评她年纪太小，学术底蕴不足，批评书转译自英译本，存在译失，批评不正确的宣传导向，总之，这是一次恶劣的商业炒作。正反两方的辩论在网络普及的东风之下熊熊燃烧，把她熏成了文化圈的第一批网红。她遇到这些前辈就想爆粗口，可怜抬头不见低头见。她想，顶多不搞翻译了，替别人做嫁衣，还不如原创来得有意义。她写书评写影评写乐评，甚至帮媒体采访各行各业的艺术家，唯独不写戏评。她有她的原则。大四那年，她的稿费收入已经够她过上陆家嘴白领的生活。秦先生吃了一阵软饭，心有不甘，好在回味是甜的。“她爱我！她愿意为我牺牲。”这一算不上发现的发现让他无比兴奋。他兴奋，不光只是沐浴到了伟大爱情的熠耀，他兴奋，更是因为女友的奉献和支持让他想起了好些伟大的名字——柳永、柴可夫斯基、李安——好些被女性接济过的大艺术家。他已经把自己当艺术家看待了。

7

应该给他一个机会。陈玲认准了，致晖会成为一名合格的撰稿人。他可以写文艺评论，起码在她任职的周报不妨一试，方便的话，把某些采访丢给他也不过分。在这个判断成型之前，她的心还不属于致晖，后者留给她的印象有点缥缈：离过婚，是一家新能源企业的质控工程师；厂里的日子相对清闲，有资本荒废在没有经济效益的兴趣爱好上；关键是，收入一般。

比起前夫，致晖的相貌更为大众。如果把他比作一部电影，注定是无法热卖的，但也不至于让观众有掏打火机烧影院的冲动。他属于那种耐看型的。在颜值需要才华搀扶的文坛，有这样一个魁梧的男友并不掉价。所以，自打她的婚姻在法律上失效，致晖就过上了一种新的生活。他学会了打牌，主要是大怪路子。陈玲的牌技并不灵光，在作家们的牌局里却享有牢固的席位，倾轧掉了好些想挤却挤不进来的青年作家。大怪路子需要六个人，作家的周末又是那么忙，有那么多的讲座、发布会需要他们去主讲，或者站台背书，要凑齐互不相厌（起码台面上如此）的一桌人并不是一件易事。这就给了致晖机会，越级参赛。

起初，他的男友身份、圈外姿态让牌桌弥漫着煤气泄露的味道，后来，是他的阅读量和书评素养合力推开了那扇窗。一场牌局起码有两次中场休息，一次是晚饭，另一次是夜宵，其间，还分布着长短不一的暂停：上厕所、吃东西、打电话，或者由于太过投入打翻了桌上的咖啡。这时，他们的作家光环会重新浮现，把牌桌照耀成某个文学讲座、八卦擂台。在暗室的私密氛围下，大家似乎在畅所欲言，仿佛脑子里都插了带滤网的麦克风。致晖意识到了，这里是拍片现场，作为一个素人，原本就已经够可耻了，再不努力，就会彻底沦落为俗人。于是，他试着发表评论。他的评论和他这个人一样，属于越级参赛。这样的场合，在座的任何一位名贤本不应该成为被评论的对象，评论应该外向而发散。致晖破坏了这条铁律，他是一个踩在警戒线上的逾规者。仿佛网兜与萤火虫的游戏，他的评论精准地捕捉到了那些亮光。他的语气真诚质朴，论证辨析的方式、理论、体系都是进口的。在座的作家们被打动了，他们看到了致晖最好的一面，或者说，自己最好的一面。

相比之下，陈玲就放肆、任性多了。她很少在这种场合发表评论，她更爱评论的是自己，也确实总有几个热心人关心她，给她许多余地去展示才华。去年的尾声，她最常提及的是她的电视剧剧本，这个话题从她离婚之后就彻底消失了。如今致晖来了，带来了很多新的遐想，作家们还是不时地要在牌局之前问她，最近在忙点啥。

“我想写一本关于摇滚乐传播的非虚构作品。”她说的这个念头与致晖有关，她听了爱人的一些枕边话，萌生了一系列的计划。

“为什么想写这个？”

“因为选题好呀，”此刻，她当然不能说得那么细，“那我问你，你的上一本小说为什么要写有机农场呢？”这个议题仿佛就此终结了，终结得让陈玲有那么点失落。怎么说呢，作为舶来品的摇滚乐是如何在上海生根发芽的？这是陈玲的兴趣所在。她倒是想针锋相对地继续展开，等到下一局洗牌的时候，她说了个大概。作家B发话了，他也有他的兴趣所在。其实，早在牌局开打之前，牌桌上就已经爆发了一场冲突，满是甜蜜的褶皱。事情要追溯到作家A（今日并不在场）上周发布的一条微信——根据他的小说改编的电影终于杀青了。在朋友圈发布这样的内容，自然会有大量的点赞和评论，作家B当然不会缺席，陈玲看到作家B的贺词，针锋相对地这样回复：

“嫉妒吗？”

“你怎么问得出那么蠢的问题。”作家B把前因后果说清楚了，此刻在牌局上发作，语气却很隐忍。“你想想看，这是不是一个非常蠢的问题，”作家B给自己点上一支烟，“我说不嫉妒，那不就成傻逼了嘛，说嫉妒嘛，还是傻逼。”

“那你到底是嫉妒呢？还是不嫉妒呢？”在提问的当口，陈玲心里明白，作为提问者的她其实是嫉妒的。

“不带你这样挖坑的好吗？反正你就不该这样问。”

“那你可以不回答嘛，又没人逼你非得表态。”

“是呀。所以我后来把你直接拉黑删掉了。”

“我靠。你居然敢删我，还拉黑——快点，快给我加回来。”说着，陈玲摆出一副预备抢手机的样子，作家B也配合地把手机从牌桌上转到上衣口袋。他显然不打算轻易放过陈玲。当天的牌局由此构成了一首巨型赋格，两个哈姆莱特主题相互追逐，穿插在出牌的间歇，一个关于是否要加回来，另一个关于是否嫉妒。

8

有同事要结婚，编辑部里人手一张请帖。陈玲把“红包炸弹”塞进抽屉，出去跑采访。她也不知道自己要采访谁，索性到单位附近的图书馆逛一圈。在一栋老洋房的三楼，从书架上选的那些新出的小说，被她码到书桌上，一本一本翻阅。

她的心思不在书上，半个多小时看了五本。她给自己的解释是，这些书太无趣了。她把书放进回收柜，下楼之前，打算先去洗手。洗手的地方藏在厕所里，是男女合用的厕所，一扇门上标有烟斗的图案，另一扇靠窗的则是裙子。她嫌弃这个厕所的气味过于浓郁，无意中，瞥向窗外，看到一个搭在民舍顶上的鸽棚，污迹斑斑的笼子像在叠罗汉，鸽子起起落落，翅膀挥舞，厕所里的味道就翻涌起来。

她上一次看到那么多鸽子还是自己结婚的时候。婚宴现场有一个露台，她和秦先生的婚礼从下午两点的茶会开始，站在露台上，能望到远处的鸽子。他们的婚礼办得极隆重，整整六十四桌，编辑部占了两桌，普遍反馈是，这场婚礼办得像上海文艺界的团拜会。同事们对好些文艺表演和整个繁复而冗长的流程记忆深刻，但是对新郎的印象却很寡淡。新郎在编辑部引起的讨论还不及他的父亲。婚礼的最后一个小时，常规的敬酒环节，新郎的父亲是在舞台上度过的，成功地把儿子的婚礼改造成了京剧票友演唱会，而他正是那位最受欢迎的琴师。一曲唱罢，台下的某个方位总会爆发出女粉丝追捧偶像的巨大能量——有那么两桌，清一色的上海老阿姨，据说是新郎父亲的同事。新郎父亲的形象得到了编辑部的一致好评：一米八的身量，轻度黝黑的岛国肤色，卷发中分，西装挺括，一出场就是日剧里的帅大叔。至于新郎，他只是在婚礼的上半场唱了两首应景的爱情歌曲，而且是八十年代的老歌，仿佛上世纪的台湾民谣歌手。

平时在单位里，陈玲很少提秦先生，大家知道他是一位话剧演员，很多人对话剧并无兴趣，所以他在编辑部就像清明节一年一度的幽灵。直到有一天，一部根据网络小说改编的电视剧席卷全国，很多不屑国产剧的，平时只看美剧英剧日剧的，都在追捧、讨论。那天，跑戏剧条线的记者浮夸地提起剧中男一号的配音演员，说那是陈玲的老公。娱乐条线的记者刚巧在一个商业代言的活动上群访了出演男一号的香港明星，为了下期报纸的封面故事。因为是群访，稿件质量很水，缺少独家性，那位记者就去麻烦陈玲，希望能够采访一下秦先生，请他谈谈配音过程中的花絮。事情好像就此开始了，她开始扮演“秦先生的太太”这个社会角色，在此之前，她已经翻译出版了四本书，一本学术专著，三本文学作品，在此之前，他们的婚姻已经触礁了，他并没有如他承诺的那样，痛改前非，认真履行为夫为父的职责，这位 IT 知识匮乏的网瘾患者，为家中那台 PC 的社交软件设置了自动登陆，似乎是在邀请陈玲观赏他的出轨史。他新近还迷上了微博，因为有很多电视剧观众爱屋及乌地关注他，和他互动，还制作了一些恶搞视频，把他以往配过的角色（也都是男一号）与新近这部热门剧的画面做了一些后现代的拼贴。

“快被你们玩坏了。”秦先生转发视频的时候如此评论，还加了几个热门的卖萌表情。

有演出商打算把那部热门电视剧搬上舞台。这是一个跨年度的大项目，要像明星演唱会那样，去很多大城市巡演，起码演一年。很多大城市并没有成形的话剧市场，但是演出商很有信心。这种商业制作对秦先生的诱惑是话剧领域颇为优越的酬劳、大众层面的知名度提升。他很清楚，演出商看中的是他的声音，而不是他的演技。他拒绝了。有这闲工夫还不如多配几部电视剧。他有一堆拒绝的理由，但是对外，尤其是对媒体朋友们，只有一条底线：他是一位艺术家，他在舞台上诠释他感兴趣的剧本。他对剧本一如既往地挑剔，他和剧团和同事的关系一如既往地僵硬，他拒绝了很多上面安排的工作，宁可年终多赔一点钱。钱根本不是问题。内地、港台的中国人，被高片酬吸引而来的韩国人、日本人，只要是偶像派男一号，都需要他那深情而诗意的嗓音。有那么几年的晚餐时间，陈玲独自一人在家里吃外卖，电视里总能听到秦先生的声音，而那张脸一直在变，年纪在变，国籍在变，年代在变，再加上现实生活中的一系列变故，搞得她有点精神错乱。一两个礼拜一次，或者间隔更长，当她被秦先生压在身下，脸与脸因为贴得过于亲密而错开视线的时候，或者，当她趴在床上，屁股如同炮筒愤怒地对准他的时候，她会默默地问自己，这是在和哪位明星缠绵呢？她这样想的当口，双腿不自觉地，非常享受地并拢，把他，或者另一个他，紧紧地包夹起来。她这样干，没有任何的负罪感。她知道丈夫对自己不忠，她愿意配合他，或许，他和她一样，也正沉浸在遥远而美妙的遐想之中，放缓离婚的节奏。

9

"你干吗不去写电视剧啊?"似乎从影视公司的相继上市算起，电视剧的商品化进程就一日千里，陷入了一种项目必须多、编剧不够用的窘境。越来越多的朋友，出于各种动机，向陈玲询问不去写电视剧的缘由，让她既尴尬又反感。最烦的就是在牌局上被人这样一问，连打牌的心思都没有了，她就觉得，自己似乎是个不务正业的顽主。

那天，她在牌桌上用一种抗争的语调追溯摇滚乐。在中国，这无疑是一件舶来品，如同宫爆鸡丁在美国，影响力日益增大。"难道你们就不感兴趣吗?"陈玲质问那些作家，"宫爆鸡丁是怎么登陆美国的？是怎么走红的?"

"所以你是打算拍一个摇滚乐入侵的纪录片，做给老外看，看他们的文化是怎么在中国走红的?"

"不是给老外看，我觉得这是一个全球乐迷都会感兴趣的话题，而且目前确实没人深挖过，"陈玲说，"还有，我也不是说要拍中国，我只拍上海，我对摇滚乐在上海之外的传播没什么兴趣，那超出了我的能力范围。”

“很好，我觉得挺有意思。”

“支持你，一对皮蛋。”

“一对老K。”

致晖说：“不要。”

和作家们打了半年多的大怪路子，致晖的身上，最起码外套上，已经沾染了一些作家味道。这种味道是复杂的，主要配料包括尼古丁和咖啡因，还有一部分是腔调添加剂，属于机密。他已经在一份颇有声望的文学期刊上发表了一篇小说——陈玲帮他投的稿。照作家们的说法，这就算是出道了。致晖的出道之作区区几千字，厕身于某个刊登抒情散文的栏目。牌友相见，有人在理牌之余多了一句：“致晖啊，你的那篇散文我看了，有点意思。”这话卡在致晖的软肋。他有点不好意思，有点想申辩，关于那篇文字的体裁，同时，他又希望自己表现得谦逊一点。他想传递的东西有点多，就像手上的牌，牌型散乱，打出任何一种，都没有绝对的把握回收，更没有足以定位的炸弹。可是，眼下他必须出牌，谁让他赢了上一局。他思忖片刻，挣扎道：“被你这样一说，我的牌路都散了。”

“哈哈，要的就是这种效果。”

他根本还不适应这样的生活。认识陈玲之前，他的社交圈是一幅乾坤图，工科和文科互有攻守。现在均势打破了。他发现自己新近结交的全是文艺界的，各行各业，或多或少都以艺术家自居。在演出场所，经常会有陈玲的旧识过来打招呼，对致晖来说，两边一介绍，再见面就熟了，就成朋友了，就好像应该一起去吃个夜宵，去浴场洗个澡。还有一位话剧院团的制作人，一上来就向陈玲提了一个尖锐的问题，试图揭穿致晖的男友身份。这位满脸青春痘的话剧制作人，两年后，致晖还和他吃过一顿火锅，听他在饭局上再三感叹，没有剧本，原创剧本太稀缺，尤其是关于上海的，那种接地气的故事。那段时间，陈玲的心情极其糟糕，喜乐无常，致晖对自己的人设就是尽量不要惹陈玲生气，就让她在她的上海梦里浸淫吧，一个由摇滚乐在这座国际大都市的传播史诱发的美丽，这部纪录片会在国际舞台上引起关注，其后，必然还会有一系列的其后。

还有一位音乐人，据说是老摇滚，在酒吧里听说他是陈玲的男朋友，喜欢摇滚乐，偏要请他喝一杯，向他打听摇滚纪录片的进展程度。致晖已经很久没光顾这样的摇滚酒吧了。事实上，他对摇滚乐乃至整个产业都产生了极大的抵触情绪。他用余光寻找陈玲，后者不知道躲到哪里采风去了，抑或是在厕所里。

“听黄兄的口音像是北方人。”平白无故占人家的便宜，致晖光是举着酒杯脸色就有点泛红。

“我先前都在北京，几年前才改到上海发展。”

“你这发型，想必是玩重金属的吧。”

“十几年前玩过，”音乐人说，“不过我现在以民谣为主。”

“这几年民谣是蛮热的，感觉全中国都在民谣。”

“主要都是商业民谣，我和他们不一样，我比较实验。”

“哦，实验民谣。”

“不是，我是哲学民谣。”

这音乐风格致晖没听说过，啤酒不敢喝了，赶紧请教。

“我的民谣，它的歌词全是哲学题材的，充满了超越时代的哲学思考，古代的人物和当代的人物，古代的故事和当代的故事，他们一起撞击……”音乐人把酒杯放在吧台上，双手如指挥家一般挥舞，描绘他的音乐。致晖琢磨着，改日自己可以帮他写一点社会经济题材的歌词，是时候开创“社经民谣”的新流派了。

10

在电脑上观看成人影片是什么感受？白色的鼠标缩在陈玲的掌心，汗津津的，箭头停在秦先生的屁股上。这居然还是一个俯拍镜头。此时屏幕右下的 QQ 头像在闪，仿佛配乐，发出咄咄逼人的声响。就在这有意无意的偷窥当口，晓童找上门来了。她在微信里发来三大段语音，每段差不多都说足了上限，有一段里还包含了什么器具摔碎的声音。

陈玲隔了很久才有心情去摸手机。

第一段录音是明日共进晚餐的邀请函。晓童声称正在筹备新的电视剧剧本，女一号就职于时尚类的周刊，她的直接，除了宣示买单的义务，还体现在对剧情的定性：一个凤凰女和钻石王老五的都市轻喜剧。晓童从戏文系毕业之后就在影视公司混，白领的职场经历、媒体的从业背景一概欠奉。“这个事情必须做点田野调查呀。”她说得倒是蛮诚恳的，语气和口风让陈玲很不习惯。

同学见面，睽违多年的大学同学，陈玲认定对方此行的动机不纯。她宁愿自己猜错了，宁愿自己站在小人堆里，同时，也在心里藏了小九九。在一种负负也许得正的期盼中，她提议，改饭局为下午茶。晓童爽快地接受了，唯一的要求是停车方便。她们约在离报社不远的日月光广场。下午两点，陈玲的同事们都在赶稿，她一声不吭走下楼。迎接她的是户外的寒风与落叶，金黄色的银杏叶几乎铺满了整条街道。弯到瑞金二路，自北向南，途经医院，行人一半以上是病患，去看病的、看完病的，多数人和她一样，披着厚厚的围巾。

她以为自己比约定的时间早到一刻钟，该是悠闲地喝着柠檬水，等待那位爱迟到的事主。她推门进去，选桌位的过程中，瞥见了正在用餐的晓童，一个人，坐在一堆菜的后面。晓童举起调羹，冲她挥手，激动得整个人都要扑进美食里了。

“不好意思我实在太饿了，昨天又是写通宵，睡醒之后我还没正经吃过东西呢。”晓童招呼陈玲落座，催服务员上菜单。

陈玲把椅子多拉开一些距离坐下。邻座是一对中年男女，浓妆的女士，深V大开，事业线几乎贴着桌沿，有男服务生适时上了一道甜品。女士手里的调羹蠢蠢欲动，坐在对面的中年男子便举起手机："别动，别动，让我拍一张。"

晓童点的菜看过于丰盛。陈玲把视线埋进手里的那张下午茶单子。她要点一份最便宜的套餐，早就想好了，隐忍不发。晓童的咀嚼声在陈玲下单之后突然消失了，她微笑着，用考究的湿纸巾擦嘴，有一种中国人吃西餐独具的优雅。陈玲抿着口，不知从何聊起。

"多久没见了？"陈玲说，"你家小孩都读书了吧？"

"上幼儿园了，你呢，当妈妈之后尝到滋味了吧。"

"烦死了，现在全靠长辈帮忙，一三五奶奶过来，二四六外婆过来。"

"你老公呢？"晓童停了筷子，正视道，"他很忙吗？"

"他啊，不提了。"

晓童似乎想补充点什么，欲言又止，后来，茶会临近结束，她还是忍不住说了。历来直爽的她用一句"不知道该不该说"来卸去举报者的心理包袱，把她去横店探班的偶然发现分享给老同学。她口中那个很像范冰冰却又不是范冰冰的女人，陈玲在秦先生的QQ记录里早就领教过了，还冒充情郎和这位湘妹子劈过情操。

"哦，是吗？"陈玲问，"还有呢？"她的冷漠与平静让晓童以为这是硬撑的假面。晓童过虑了。举报信即便从一开始就冒冒失失地抛出，陈玲也不会失态到忘记此行的目的。她是来做生意的，资源互换。上周，陈玲在秦先生的撮合下认识了一个影视公司的老总，对方正在筹划一个言情穿越题材的电视剧，现成的网络小说，需要专业的改编。听秦先生的口气，这样一个机会似乎是他努力为爱妻争取来的。他们还是夫妻，谁都不曾提过离婚，应该互相帮衬。秦先生还需要陈玲的师兄在“戏聚天地”替自己美言几句，那位师兄是“戏聚天地”的三把手，专门负责原创戏剧的资金扶持报批。在秦先生递项目申请之前，陈玲的师兄已经预备打辞职报告了，他把自己的想法以及上司对这个项目的冷眼偷偷知会了陈玲。可是，这又有什么关系呢？陈玲心想，秦先生是否能为他导演兼主演的话剧拿到几十万的扶持，和自己有什么关系呢？她只是想试一试，当然，她并没有电视剧剧本写作的成功经验，她和这个行业的近况有点脱节，晓童愿意主动联系她，见上一面，何乐而不为呢？

“说说你的剧本吧，你想了解点什么？”陈玲问。她不明白，晓童怎么就不说了呢。她印象中的晓童是个直肠子，敢爱敢恨，就连嫉妒都是摆在台面上的。她等着晓童开口，然后顺水推舟。晓童还是沉不住气啊，那么早就提了秦先生，随后，长吁一口气，感叹时间过得快，一眨眼明年就是毕业十周年了，好奇有没有人筹备聚会。

“不晓得都混得怎么样了，现在正儿八经还在写剧本的大概只有你了吧。”陈玲不冷不热地说。

这也是晓童爱聊的话题，她可以尽兴展开。热心听众陈玲的自尊心不允许自己点手机的录音键，她愉快地喝着热咖啡，抖抖糖包，加了一包，搅拌开了，嫌苦，又加一包，还是苦。

熬到今天，晓童有点苦出头的感受，像含了麦管戴着游泳眼镜在臭河浜里清理航道。她在影视公司起初就是个打杂的，贴发票，叫外卖，整理文稿，后来替情感调解节目、综艺节目写剧本，也算是一种创作，只是不署名，再后来给老师当枪手，两三个枪手对付一个电视剧项目，还是不署名。她跟对了老师，现在有人捧，试着独当一面。大陆的电视剧，好坏都在这个点上，集数过多，注水猪肉，所以写一部够在上海置办一套物业。她这个入门级的，郊区买一套没问题。她的上一个剧本已经杀青了，她去看过样片，含着热泪在朋友圈放出一组图，唯有“非常感动”能够表达那一刻的情绪。她自然对未来有更多的畅想。陈玲也没有藏着掖着，两人处于互相采访的状态，但凡对方关心的事情，全都积极应对。轮到陈玲回答的时候，下意识地，脑子的另一边嘀嗒嘀嗒在构思——这题材如果由她编写，会写点什么？电视剧嘛，当代都市题材，总归是爱情友情激情。晓童说现在还得来点基情。可陈玲想的是怎么在戏里来点对当代社会的观察，这样井小差的状态没持续多久，很快，她认为这样夹私货是徒劳的，她感兴趣的一小部分内容怕是过不了审。后来，差不多是三年以后，她有一天去动物园采访，她在晃晃悠悠的地铁车厢里看到东方卫视的新剧预告，拍的正是媒体行业的坚强女性，她还打算等到四月一日开播当晚边看边吐槽呢。过了几天，同事说起这戏，说出事了，退回重剪，无限期延后，所以本报为了配合新剧开播做的采访稿也得回炉修改。

这样说来，陈玲当时的判断是对的。那顿下午茶，她和晓童花了一个多小时探讨上海的媒体环境，临别之际她的大方不是装的："有什么疑问，随时联系哦。"三年过去了，那个剧本再无音讯，陈玲的编剧之路也没有下文，仿佛那两个项目乃至那次见面根本就不曾发生过，或许，只是一个规划，一则笑话。这三年里，晓童又编了两部电视剧，都是时装剧，都市欲女，伶牙俐齿。听说，她现在的稿费已经升至每集十五万。陈玲只是在朋友圈里见过她的近况，照片里的她离不开笑容。她们再没见过面。所谓的毕业十周年的同学会，陈玲刻意缺席了，当时的她，正忙于和秦先生谈判。在一个冬日的夜晚，秦先生终于开口了，就他和陈玲的婚姻现状提了一些看法，一点建议。在此之前，他爽直地拒绝了陈玲的邀请，无论是作为丈夫，还是作为一名艺术从业者，他对周末去电影博物馆观看《甜蜜的生活》表现出了相当的反感。"听我说，陈玲，"他的嗓音充满了诗意，一如他在舞台上的精彩独白。他显然有更重要的事情要谈。这一次，他亮了底牌，随后，陷入了谜一般的、灰色的沉默，任由陈玲发作。轮到他的台词再次响起，他说，会走到今天这一步，也不完全是他的错。他话音刚落，一个马克杯就以一声巨响碎成了不规则的形状。

几秒之后，房里还会发生更大的阵仗。

谈判即将开启，除了析产的论辩，清晨和午夜的同居时光会过得活像一部无声残片。

第二折

不射之射

1

一大捆钢材，在晴空摇摆，不知不觉探出了地铁工地的围墙，悬在路人的头顶上。致晖刚巧是路人的一分子，脑袋不经意地抬起，就怎么也低不下来了。余光告诉他，走在前面的两位姑娘收了脚步，偏偏此时钢材朝着她们慢悠悠平扫过来。姑娘们吓坏了，低着头往前冲。致晖呢，故作镇定地跟在后面，他的步频只是略微有点快，和两位姑娘的区别还在于，他的脑袋坚持后仰，死死地盯着那捆东西，仿佛那是解答人生难题的金钥匙。但是有一点，三位脱险者的态度高度统一，他们并没有急着远离这个是非之地，而是回转身来，欣赏钢材把阴影覆盖在别人的身上，以及他们的反应。让致晖满意的是，人们无一例外地表现出了惶恐，强烈的危机意识，仿佛下一秒，灭顶之灾即要到来。

致晖想，要是陈玲在身边就好了。他们的同居生活新近遇到了一些麻烦，起因在致晖。这样归咎或许太粗暴，但是，如果把致晖从陈玲的生活里完全抹去，这部分的麻烦确实会相应地消失。那是多么残忍啊，那是困扰致晖多年的顽疾，让陈玲极为抓狂。于是，他们合租的房子安静了许多。夜深时分，这样的冷战让致晖异常难受，他总是试图表现得更积极，像个绅士那样，另一方面，他又无法克制住自己，就像那些忧郁症患者，人生简直黯然失色。他是多么想让自己冷静下来，表现得勇敢一些，成熟地面对这个残酷的世界。此刻，要是陈玲在身边就好了，他想，其他群众的反应都可以替自己背书，这都是证据啊，证明自己不是神经病。

2

致晖的童年是在江西度过的，在一个环山的小县城，读完小学三年级的上学期才回到上海。他是知青子女，出生不久即被父母、爷爷抱回了江西。现在江西还有几个人记得致晖的爷爷，一个慈目的大光头，帮忙带孙子，带了小半年才走，不怎么说话，永远在笑，爱吃红烧肉，直到他后来一个人回了上海，途中自作主张改道去宁波老家，探完亲，老家的亲戚居然没人看护送行，就这样人间蒸发了，据说，当时宁波正发洪灾。多年以来，致晖的母亲一直很介意这件事情。儿子明明是在长乐路的“一妇婴”生的，落在户口簿上，白纸黑字写的却是江西。这个错误似乎要跟着他一辈子，即便他后来户口迁回上海，母亲为此去居委会去派出所申述，也没有办法纠正。户籍警给她出了一些主意，譬如先去相关医院调取出生证明。可是，三十多年前的资料，还在吗？如果在，又该如何调取？

江西人就江西人了，过去就让它过去吧。偶尔念及，致晖就会一阵心疼，叹息爷爷就这样莫名其妙地消失了。借助黑白照片，致晖才对爷爷有了一些视觉上的印象，又因为亲人的回溯而产生了一些负罪感。这种感觉由来已久，在致晖对死亡有所认知以后。从来没有人因为爷爷的意外责怪过他，他是家里的独孙，奶奶一直盼他回沪，越早越好。

人生的最初十年是在江西度过的。致晖和小伙伴们在一起的时候，潜意识里，并不认为自己是个例外，有何优越感，反倒是有一些自卑，不太合群，老怀疑有人拿他的籍贯说事，叫他小上海。如果不是忌惮父母，他是更愿意说江西话的。在他，上海话只是一门在江西家里以及回沪探亲使用的小语种，前者是规定，违反了会被父母责骂，后者是刚需，不然你没法与陌生的世界沟通，还会受歧视。他从小就学会了见什么人说什么话。当年，他能讲一口地道的江西话，小县城的方言，比南昌、吉安这些相邻城市的口音更迷幻，正如松江、崇明、南汇的原住民，跑到上海市区会有短暂的幻觉，觉得市里流通的不是上海话，而是普通话。

致晖所在的那个小县城在养育他的那十年里是不通火车的。回上海意味着一系列的交通轮转。被父母抱着的他，先是和草料、砖块一起成为拖拉机的负累，车头痛苦地剧烈震颤，突突突喘着的烟气被风吹得很顽皮。他母亲脸上挂着的笑容和田地里一味后退的农作物，如同那个年代的影楼的背景板，单调却赏心悦目。县城的汽车站总是尘土飞扬，迎接他的又是一段颠簸、拥挤的长途客运，目的地是南昌、吉安、樟树的任意一座火车站，具体地点取决于父母托朋友买的火车票。从经济和便利考虑，南昌到上海的火车是最理想的，当然，也是最难买的，所以，在致晖的记忆里，吉安和樟树的画面更饱满一些。少不了两个轮子的折叠式行李车，堆满三个黑色的旅行包，最大最下面的装满了冬笋，到了上海之后不用几天就能分发完。他的母亲身上还要背一个藏青色的蛇皮袋。有一年春运，这个蛇皮袋在南昌的马路口因为转身过猛，撞到了一个等候绿灯的时髦女士，女士穿的漂亮皮大衣为此蒙上了一层白灰。“哎哟，”女士一边忙着掸灰，一边恶狠狠地瞪着再三道歉的女人，啐骂道，“乡下人，真讨厌。”

或许是太丢脸了，好些年后，致晖跟父母讲起这件事情，母亲傻笑道：“啊？还有这种事情啊！”

“肯定有的，我记得老清爽的，你当时跟人家穷打招呼了，还帮人家拍灰，但是人家嫌贬你的手齷龊，死也不肯让你碰。”

“是吗？我怎么一点印象也没的啦。”

“我还记得你那天穿了一件蓝黑格子的两用衫。”

母亲倒是认可了那件两用衫，儿子和她一再描绘之后，她想起在遥远的八零年代，她的确有过这样一件外套，远行的路上包在两件羊毛衫外面，防尘挡灰。为了进一步佐证他的记忆，致晖不依不饶地从父母的卧室里翻出老相集，在他的童年照片里找到了那件衣服：他和母亲在县里某个无法辨认的花坛前留影，他戴了一顶滑稽的白边褶花帽，像个罚站的洋娃娃，母亲半蹲着，笑出上颚的两颗大门牙，两条麻花辫极其刺眼。凝固在泛黄相片里的青春与笑容，稀释了沦为乡下人的羞耻心，看那样子，像是致晖上学前拍的。

上学之后，因为寒暑假，致晖每年比父亲多回一趟上海。他很小就领悟了一系列的旅行经验：车窗开大是可以搬运行李的，甚至乘客也可以借此上下车；铁路盒饭不如上饶站叫卖的鸡腿好吃；在哐当摇摆的蹲坑里方便怎么不溅到鞋上。火车曾经是他最为倚重、熟悉的交通工具，他在小县城里的生活可以用脚步来解决。十岁，他回了上海，通关系，在一所小学借读，再没回过江西。由于长期不说，除了“吃饭”两个字的读音，他渐渐丧失了对江西话的掌控。只有父母回沪以后，逢了春节，打电话向江西的故友拜年，他才会听到曾经很熟悉的县城土话。他多少还能听懂一些内容。至于火车，换了一种更为荒诞的形式，在他的梦里继续，各种奇幻的旅程，还有那个骂骂咧咧的时髦女子，有时变了性，但依旧凶残。春节期间，电视里总会弹出大量的春运报道，他透过镜头温故，农民工出入上海时的喧嚣，总会让他想起灰蒙蒙的童年，那些见证他成长的绿皮火车。

3

又要经过陕南邨了。从陈玲暂租的房子出发，沿着陕西南路，步行至她的单位，陕南邨差不多就是这段路程的二等分点。通常，陈玲会选择走陕西南路东侧的上街沿，东侧是黄浦区，西侧归徐汇区，她的单位以及住所都属于黄浦区，但是，如果有致晖伴行，情况就大不一样了，他是宁愿走西侧的，先从黄浦区越到徐汇区，再从徐汇区返回黄浦区，在一条马路上绕来绕去。这不是神经病嘛。

从确立关系以来，陈玲总是在这件事情上迁就致晖，直到有一天，她生理期，浮肿的脚还踏着红色高跟鞋。她坚决走自己的路，就这样，她被抛弃了。看着致晖一根筋地穿过马路，陈玲气坏了，停在南昌路的路口，等他回黄浦区，看他如何解释。这让他很是为难，仿佛还没结婚就要上缴工资卡和密码。他想糊弄过去，编了好些理由，但是这些理由无论听起来多么逼真仍旧显得苍白。他拗不过陈玲，只好道出了真相：陕南邨的门口是第七加油站，还有，往北不远处就是瑞金地段医院，这两样东西单独出现都会让他产生不愉快的联想，何况现在凑到一起，简直是规划局的玩笑。

“中国人的素质你又不是不晓得，弄点香烟屁股啥的，”致晖低头念叨，仿佛在找火源，“万一爆炸怎么办？”

“狗屁，你脑子坏掉啊？”陈玲站在马路口骂他，绿灯哔哔哔地闪动，“真要是爆炸了，哦，你就打算让我一个人炸死掉喽？”

“所以我叫你到对过走啊。”

“神经病，真的是神经病。”

他自觉理亏，连他自己都觉得这理由可笑、可耻，可是他就是做不到，道理他都懂，可就是做不到。心理上存在障碍，他做不到。与其走在危险系数更高的地方，走得心惊肉跳，还不如多绕一点路。他也不愿洗白，毫无抵抗地任她辱骂，骂到她累了，还得继续回家。他们相识也有半年多了，两个离过婚的人，在一起挺投缘的，平时文文艺艺，好声好气，她这样失态还是头一回。这之前，她只是爱唠叨几句，挑他的刺，如同他是一本新发表的小说。文化人之间的批评很容易被别有居心的定义为骂，明明是批评，他们硬说这是骂，或者炮轰、挞伐。可这次，她惊异于自己如此过激的表现，她想，这回还真是摊上了一个好脾气。

“搂着我，”她下了新指示，“搂我的腰……腰，你知道腰在哪里吗?”

致晖纠正搂姿，手从陈玲的右胸落到腰部的时候，一辆水泥搅拌车正在碾压路面临时铺设的钢板，在轰隆声中稀里哗啦漏了一地。事故现场离陈玲还有一大段的距离，起码隔了五个致晖，但是她仍旧惊慌地拉着男友往旁边躲。她那个怕死的男友，遇到这种险情居然木讷得像根站桩，他到底是真怕死，还是装的?还有，钢板上一坨一坨黏糊糊的，让她起了一些很不舒服的联想。她简直看不下去，也不想再看，所以使劲把强壮的致晖拽到路边，力气之大，完全超出了一个生理期不适者的预期。他们还得回家，还得去吃晚饭。是否要绕道避开这一段?致晖被陈玲突如其来的神态攫住了，他明白，女友陷入了两难的境地，是必须做出选择的时候了。“要不我抱你过去?”他问陈玲，右手还搭在陈玲的腰上，目光却偏向那摊水泥，仿佛遇见了什么美景。

4

杨家的馄饨摊在张园颇有名气，有三十多年的历史，就在致晖的家门口。一张小方桌，杨母坐在矮凳上包馄饨，地上摆个橘黄色的塑料淘箩，顾客付钱找钱，全自动。弄堂小馄饨，老上海味道，卖熟的会更风靡，可以和隔壁静安别墅的阿跷馄饨媲美。偏偏从致晖的奶奶创下这门生意起，馄饨就只有生的。八只一两，送葱花，关键是无证经营；早年馄饨用报纸包，叠成漏斗的形状，后来改用食品袋。一直有客人做杨母的思想工作，说卖熟的吧，人家千里香馄饨，生熟同价，你卖生的，卖得这样便宜，还不如开个馄饨店好赚，而且可以延长营业时间，利润可观。杨母并不领情，反说名气响未必是好事，列举种种弊端，还说要对顾客的健康负责啦，控诉餐饮业的顽疾，痛心疾首啊，不仅致晖早就烦透了，就连邻居、熟客也有点怕，不敢多搭讪。所以长久以来，致晖对于父亲老是出去打牌深有感触，他觉得父亲是在找一个借口，好避开母亲的口腔折磨。距离产生美，大意是和家里保持距离，这点在致晖的父母身上确实有许多的实证。譬如杨母很喜欢夜里拽牛似的拉杨父出去逛街，尤其家里离南京西路又那么近。似乎只要一走出去，杨母就不怎么骂人唠叨了，夫妻俩就会变得恩爱如初，像回到了江西。杨母虽然胖得没有腰了，还会对杨父说："快，搂住我的腰。"在外面的时光总是那么美好，对于杨父来说，回家倒像是王子听见了午夜报时。

那天，有一位顾客也许是心情大好，见杨母一大清早就预备收摊，不知轻重撺掇了几句。杨母矮了身子收拾东西，说："钞票又赚不光的，真要是开店了，我不要忙死掉啊！老杨靠得牢啊？除掉夜里帮我备点馅子，他只晓得打牌——"

"哟，今朝收摊早的嘛。"前面四十九号的戴阿姨买完菜路过，顺便拉个家常。

“夜里有情况，”杨母转向戴阿姨说，“小家伙的女朋友要来。”

“毛脚媳妇上门喽，”戴阿姨笑道，“望你早点抱孙子。”

“第一趟过来，还不晓得啥情况呢……总归是望他们好，谈得拢嘛就早点办掉，再拖下去，就算小孩养得出来我大概也带不动了。”

这话若是被致晖听见，他一定会说：“是呀，看你那么辛苦，所以叫你上饭店呀。”他早上把陈玲会来的消息禀报家里，意思就是晚上出去吃。可是他的母亲偏执地要办家宴，烧几道私房菜，似乎不在家里接待，不露一手，就是男方少家教，反正，她总有理由的，一堆理由，致晖争不过她，只能在心里埋怨。

对待食物，杨母是非常较真的。为了河鲜海鲜的肉质，酷暑天，她下午还要跑一次菜场。买菜，对张园的居民来说是很痛苦的，要到一公里之外的大沽路，算上选购的时间，来回起码三刻钟。致晖坐在单位的实验室里，看着屏幕上的抗压测试数据，心里也像柱形图一样忽上忽下，担心母亲骑车乱穿马路又出事。年初，她就有过一次先例，被送外卖的助动车刮倒在地，腿上摔出一大块乌青。

“何必呢？”午饭的时候，致晖和同事提起他的烦恼，对方安慰似的说起了自己的老丈人，也是死活不肯出去吃饭的。那位老先生的洁癖到了外人费解的程度，没有社交，家里几乎没出现过亲戚之外的客人，他是一上公共交通就抓狂，车厢在他如同垃圾箱。老先生的另一怪癖是不吃醋，也不允许食物在加工过程中与醋发生关系。

老先生的故事让致晖想起了自己的父亲。他的父亲从来不吃家禽，鸡鸭鹅的肉一概拒绝。自懂事以来，致晖好几次逼问父亲，逼问他挑食的内幕，父亲总有答案，五花八门如同万花筒里的那些彩色碎屑。最近几年，杨父已经善于用一种唱滑稽的调调对付儿子的好奇：小时候养了一只鸡，养得很漂亮，被长辈残忍地吃了；小时候被大公鸡啄伤过，后来看到两条腿的家禽就怕；小时候特别调皮，有次用石头丢邻居家的鹅，鹅不巧死了，死相恐怖。对于这件事情的真相，致晖基本放弃了，他想，父亲不肯明言必有隐情。特别脆弱的神经，有的人只在至亲面前表露，有的只向陌生人倾吐。致晖属于前者，让他难堪的是，父母对待他的心理问题，总是表现得极不耐烦，一股子居高临下的嘲讽劲儿，有时还说，怎么生了你这样的儿子。没有人理解他，没有人真正理解他的痛苦，他能得到的最大同情就是：

“检查啥的也不要去做了，你真正需要的是心理医生。”

5

“要不要送你去看急诊？”致晖问。陈玲煨灶猫似的躺在沙发上，默不做声。抱枕被她当作暖宝宝垫在腹部，上面印的 Hello Kitty，原本笑眯眯的形象此刻已经完全扭曲。她并不知道，致晖鼓了多大的勇气，才提出这个建议。在情意绵绵的关切声中，他刻意避开“医院”或“医生”，选了一个相对安全的名词，尽管那两个字里包含的形容词在程度上比较凶猛——只是来势比较凶猛，通常在医学上，它的反义词更让患者痛苦。

“拉肚子呀，常见病，没你这样夸张的，”致晖说，“实在不行我送你去吊点盐水。”他见陈玲刻意沉默，也就学乖了，把空调的叶片再往上推一些，温度调高一点，转去厨房淘米，等下外出买点豆浆、山药，煮制“美龄粥”。他其实还挺会服侍人的，非法同居却有持证上岗的觉悟。这样想也许病态，只不过，陈玲生病似乎在他并非坏事。如果乌云笼罩而无雷暴雨灾，哪怕淅淅沥沥折腾几日，那也是富于情趣的自然风光。甚至于，他还存了一些快意，平常被嘲笑惯了，嘲笑他对身体的变化过于敏感、焦虑，他也明白，也无奈，却不服气。譬如陈玲现在的那副腔调，就让他觉得好笑，照顾起来，快感也就愈加强烈。

他对健康确实太敏感，比较排斥在外面用餐。但是陈玲喜欢，她几乎不在家里吃饭。如果不是长乐邨周边的餐饮设施更丰富也更合胃口，陈玲本该住在陕南邨的。毕竟离单位更近，能免受很多苦。最近，这条上班回家的路因为地铁工程，变得如同陈玲的前夫一般面目可憎。十二号线据说要到一五年年底才能完工。如果改道茂名南路就能避开工地，避开加油站和医院，也免得让致晖难堪——陈玲昨晚得出的这个结论，让致晖感动，但是他依旧清醒，爱人的妥协无法根治问题。如果说加油站作为固定的建筑，方便避让，那么可以随意移动的煤气罐该怎么办？那些屁股后面挂着煤气罐的助动车、自行车，经常一挂就是两个，仿佛移动中的炸弹。有时，致晖经过一些简陋的餐饮店摊，煤气罐外露在门口，被店员推摇，或者浸在脸盆里，被热水淋浇，浇完之后还要摇一摇踢一踢，而他又没法避让，他只好硬着头皮，脚步发虚地加快步频。他明明知道对煤气罐施以外力是因为罐内的气体接近燃尽，根本没有爆炸的可能，但是他摆脱不了心理暗示的阴影。这就像有些人怕蟑螂，怕得有理由却没有道理。致晖无法理解那些遇到蟑螂尸体都要逃的大男人，但他绝不会轻蔑他们。即便他觉得这很好笑，也不会笑出动静来。

他在厨房淘米，心里有一种解脱似的愉快。如今，陈玲已经知道了这个秘密，也管我叫神经病了，致晖想，就让她耻笑吧，既然是奔着结婚的目标在交往，她看穿自己是早晚之事。也许，以后可以向她倾诉，如果她不嫌弃的话。他的父母已经受够了，恨透了，在家里听说他哪里不舒服，又要去看医生就想痛骂他。他琢磨着是否就此换一个人倾诉，在倾诉之中，获取些许安慰。他不知道该不该这样做，也许吧，也许光这样想就是错的。他总觉得，人难免一死，生养后代，创造文艺作品，都是人类延展生命的悲剧尝试。这两条路径堪称佳选，不过也无法强求。他理解的婚姻，两人在一起离不开同甘共苦，同甘是谎言，结伴受难才是主线。

6

五十年代初的几年，一批大地主、资本家、反革命被镇压。致晖的母亲总说，我们这代人是枪毙鬼投胎，所以长身体的时候碰到三年自然灾害，受教育的时候碰到“文化大革命”，该工作的时候碰到上山下乡，总之，是一路倒霉的一代人。小时候致晖没概念，长大之后也不认可这个观点，因为受难是普遍的，人生不如意是大概率事件，父母只是运气更差而已。一九七八年知青返城政策出台之前，他们各自托了关系，把工作和户口从农村调到县城，这一调，反倒不符合返城的标准了。当然，如果他们真回了上海，也就没有致晖了。致晖的父亲生长于静安区，母亲则是南市区，当他们在县城的饭店里工作到了第三个年头，回家的念想就像秋收焚烧秸秆，天边挂着半凝固的烟雾，渐渐散了。两个大龄青年决定在异地结合，解决一下人生问题。

从小在饭店里成长，在吃的方面，致晖却没什么值得回味的，记得的倒是常常把他吓得乱逃的老鼠，肥得似乎剥了皮能炒一盘菜。还有就是两样当地的小吃。样子像压扁的牛粪的酱饼，又辣又咸，他嚼着必皱眉头。他常吃的是凉粉，夏天胖阿姨用扇担挑到学校门口叫卖，两大桶，一桶是黑乎乎、半透明的凉粉，另一个桶装了碗、调羹以及各种佐料。他喜欢吃甜的，加两调羹白砂糖，一毛一碗，当地人偏爱吃辣的，酱油和剁椒拌匀了，五分一碗。多年以后，直到龟苓膏的普及，致晖才想到如何向朋友们描述他童年的这碗回忆，之前，他通常用果冻来类比。那是一种爽滑的口感，源自山上的一种植物果实，把果实的浆汁混合在井水里，按固定方向不断搅拌，如同打奶油，必须固定某个方向，到一定程度就会黏稠成型。这是他回上海之后听他母亲讲的——母亲还说，他小时候有次踏着父亲的拖鞋，在宿舍过道里踱着玩，撞翻了邻居炖的一锅豆腐，好在衣服厚实，局部烫伤并不严重。他哇哇痛哭。邻家阿姨用抹布擦他身上的汤汁，他就抽抽搭搭地问：

“阿姨，会死吗？”

又好笑又可怜。等到致晖从医院回来，包得像个伤兵，阿姨便把他对人生的重大疑惑转述给了他母亲。

“那么小就知道怕死了。”

这件小灾祸偶尔还会被母亲从蒙尘的江西岁月里搬出来，前提是亲友们和致晖一同在场，似乎是为了故意羞辱致晖，指望他洗心革面，结果反倒激起他的不满。这显然不是什么光彩事迹。借助母亲的回溯，致晖看到了一个胆小、贪生的自己。还有就是小学二年级升三年级的那个暑假，他回上海，在奶奶家里住了两个月，和孀居的奶奶同吃同住，一起逛菜场，打肉酱，洗葱切葱，包小馄饨，一起上“美琪”看戏，颇有一些相依为命的况味。那两个月里说的许多话，吃的许多食物，是他童年转折的最大弧度，是被眼泪泡弯的，粘连在了一起。那个夏末，来接他回江西的母亲完全靠哄骗才把他拉上了火车。母亲和奶奶都允诺他，先回去，先读一个学期，等上海的借读事宜办妥了，再接他回来。他一路哭，一路哭，害得母亲也跟着抹眼泪，感叹孩子长大了，懂事了。这里面其实搀杂了一定的矫情与任性，他当时只是沉醉于和奶奶在上海生活的快乐，这种纯粹的快乐多年以后在他谈第一次恋爱的时候再现了，精神上的颓唐，肉体上的健康，一种迫切的感悟，想把那个状态永远封存起来。

重回上海的致晖，在学校里其实没什么朋友，好在他的上海话不错，根本听不出是外地借读生。但是这点区别全班尽知，同窗偶尔闹别扭，结局通常是他被晾在一边，幽在某个角落反省，而这之前，必定会有人说几句气话，骂他是乡下人，仿佛两国断交，宣称不再玩了。

凭着小聪明，致晖勉强挤进了区里的重点中学。这是他人生的又一个转折，三天两头测验的高强度应试教育让他极不适应，迄今，他还会梦见自己在准备考试，考试临近，准备工作一塌糊涂，不是考数学就是考物理，还有一大堆的公式没背。初中的头两年是他整个学生时代最狼狈的阶段，绿封皮的成绩册上经常会开红灯，这让他压力倍增。他的危机意识前所未有之强烈。他不得不刻苦学习，把自己禁锢在习题里。这已经不仅仅是深造与否的问题了，作为一个外地借读生，如果他还想留在张园，留在上海，底限是一张高中的录取通知书。

7

离开张园，陈玲的手里多了一个低价服装品牌的购物袋，里面装了一大包生的小馄饨，当然，还有葱花——那摆放的方式，倒有点像陈玲临别之际说的场面话。出了弄堂，长辈的这份心意被陈玲转给了致晖，她也算是松了一口气，打趣道：

“明天吃早饭，靠你了。”

“我是不要吃，老早吃腻掉了。”

“那怎么办，烂在冰箱里？”

致晖没有意见。比之早饭，他更关心父母留给陈玲的印象。他憋了一肚子的疑问，先前的家宴，女友的部分言行实在不合时宜。从威海路到长乐邨，也就一站路的光景，街面好些栏杆重新上过漆，屏气赶路，走慢走快都很局促。一辆重型机车驶过，拖着长长的尾音。致晖见到陈玲的眉头紧锁，满脸嫌弃。

“住在一道的事情你去讲它做啥，”后来，在通往马勒别墅的天桥上，致晖禁不住还是埋怨起了陈玲，“你这样，我妈会怎么想你，还有，你这样不是等于拆穿我的西洋镜嘛。”他低垂着头，审视昏暗光线下的绛红色颗粒，天桥的路面和塑胶跑道的材质相仿，脚感松软，在一些凹陷开裂的局部尤为显著。

“都是离过婚的人了，还有啥见不得人的呢。”

“我啥意思，你应该懂的呀。”致晖响了喉咙。

“我啥意思，你也应该懂的呀。”

他们停在天桥正中的那根巨柱旁边，头上是高架桥，脚下是延安中路，车流夹杂着光芒，如强风一般劲吹。他们停的方位不对，此处是天桥上照明最弱的区域，夜里，通常会有乞丐在此露宿。他们现在四目相对，很难看出什么端倪来，彼此的心里却很敞亮。双方的真实想法，对于婚姻、家庭，其实早在今天的饭局之前就说得挺透彻了。

“我好像有点太过分了。”说完，致晖背转身来，向着延安中路以西的方位走去，越走越慢，越走越亮。后来，在冬季的某个周末，阳光明媚，致晖独自回娘家吃晚饭，又经过天桥的这一段，他鼓起勇气往栏杆外面瞟了几眼，发现好似魔法球悬在半空的其实是一盏圆灯。他都不敢相信那天晚上自己离它那么近，还把双手搭在栏杆上，那栏杆的弧度以及桥下的景观，让观者如同置身驾驶舱，而他正是那个掌舵者。

“夜里还好，夜里不会太怕。”他盯着自己的鞋子说。在上世纪的九十年代，英国有一大批的摇滚乐队，喜欢在现场演出时采取这样的视角与观众交流。

“你在讲啥啊?”陈玲问。

“我在讲我的恐高症，”他的双手还留在栏杆上，“夜里还好，因为看不大清，也就没那么怕了，要是白天，我是不敢这样撑牢栏杆的，我连走近一点都吓。立在高的地方，栏杆最起码要到胸口头，要不然，我是绝对不敢靠过来的……你不要看我现在手搭在这上头，其实上也就是虚接触，没啥力道的，就怕质量不过关，一用力就断掉了，那么就死蟹一只了。”

“神经病又发作了，吃不消你哦。”

致晖笑了，转过身来，问怒气渐盛的陈玲，平常走在天桥上脚底会不会发虚，难道就从没预感过，仿佛下一步，桥面就会踩破一个洞，或者一块塌方，整个人失声下坠，不是摔死，就是被退避不及的车子碾压。

“你哈烦——”

“不相信你试试看，给自己一点心理暗示，只要一点点心理暗示，你试试看，现在是不是觉得脚步有点虚?”

“都像你这样嘛，天桥也不要过了，全部拆掉算了。”

“是的呀，你不觉得现在上海的天桥越来越少吗?有种地方，即便有天桥，大家也不走的。”致晖说，他见陈玲露出了鄙视的表情就继续道，“反正我是好走地面或者隧道就尽量不走天桥的。但是有种地方，不走天桥就没办法过去了。乱穿马路也老危险的，那么我也只好硬了头皮上了。后头我发觉，走天桥的关键就是千万不要去想它，一想就不对了，只要不去想，也没人提醒你去想，也就没那种感觉了，只当还在地面上走，也就不怕了。”

8

致晖坐在家里，房门紧闭，依旧嫌底楼厨房的油镬气太重。他下楼劝母亲少炸一些，差不多就行了。他的母亲戴着口罩，人离锅子有小半米远，锅铲奋力翻拨，伴着噼里啪啦的爆响。

“都怪老杨呀，咳成这副腔调，还要吃啥烤子鱼，横关照，竖关照，香烟少吃，当耳旁风，唉，这锅子也是的，上趟好像还没这么喇叭腔——走啊，上去呀。”母亲抬胳膊赶儿子走，怕油溅得洗不掉。可是致晖仍旧傻站着。他是多么不情愿啊，他明白上去意味着什么。他想留在厨房里，最好能搬一把小凳子坐坐，这样空气会大为改善，他可以陪母亲说说话。

“走啊！”母亲的锅铲剑指上方，“我叫是没办法，你立在此地做啥？走啊！”

离饭点还有两个多小时。致晖独坐客厅，很是无聊。他把羽绒服脱在沙发的右侧扶手上，欣赏空调的热风斜打下来，吹得那盆发财树瑟瑟发抖。卧室里，父亲正在挑选照片，鼠标旁边的双层透明保温杯，只加糖的咖啡黑得发亮，还剩几口。方才他和父亲稍事寒暄，父亲的目光就没离开过电脑屏幕，现在唤他进去，口气冷得像从冰库里刚出来："我问你呀，这个，这个在微信上发照片，我一张照片要几兆呢，怎么人家点开来只有几百K啊？"

致晖教父亲如何发送原图。父亲乘机炫耀那些拍得很糟糕的照片，集体照为主，无不笑得浮夸，或者是没有焦点的风景摄影。就在上周，致晖的父母跟一些知青朋友坐游轮去韩国日本玩。这可以算是他们知青群体的保留节目，大概一两个月就要组织一次，少则几天，多则半月，比年轻人玩得还疯，都是非常节俭的穷游。此刻，父亲守在电脑前面，耐心地筛选此行的照片，为下一步的精修、冲印做文章。

无事可干，致晖从屋里翻出几本旧书看。全是上世纪八十年代初的文学期刊以及翻译小说，他父亲当年在江西单身的时候，全靠这些印刷品和香烟打发漫漫黑夜。他脑子里突然闪现出一个用过的避孕套，在遥远的童年，躺在父母房间的床头柜上，油腻腻的触感，还有后来被母亲呵斥的画面。

"爸，你当初是怎么和姆妈好上的？"他问得很大声，后来，打破静寂的是父亲的咳嗽，一连串的干咳，简直要把肺咳出来。

"你过来。"

他顺从了父亲的召唤，看着鼠标颤动，聆听过往的痕迹：谁还留在江西，谁已经过世了，谁的孙子都上中学了……液晶屏上亮着两张照片，泛黄的是父母刚插队时的知青合影，父亲和母亲之间相隔了二三十人；另一张也是合影，还是那些人，数量少了，面目老了。

“爸，我有一种感觉，讲出来你不要动气哦，”致晖站直了说，“我总归觉得，好像自从你跟姆妈回上海以后，你们两个就没性生活了。”他也不顾父亲的眼睛瞪得多亮，表情如何，继续道：“屋里厢那么小，后来我一直跟你们挤在小房间里，我现在回想起来好像真的就没发生过啥尴尬的事情——还有就是你回上海以后整个人都变了，你以前在江西从来不打牌的，回来倒好，扑克牌、麻将牌，天天要赌，完全变了一个人，难怪姆妈要骂你。”

“你妈啊，”父亲吃惊地看着他，语调趋于温和，“苏北窟里长大的，老南市腔调。”

致晖不忙着评论，他在等父亲的正面回答。

“平常我不跟你多噜苏的吧。”

“我倒是希望跟你讲讲闲话的。”致晖答得轻快。

“好呀，我今天就问问你看。”

“你问。”

“你现在这个非法同居算啥名堂啊？你打算对人家负责任吗？对我们两个老的负责任吗？”

这完全是拒绝交流嘛。平常，母亲要把致晖逼走，最简易的就是和他探讨人生大事。致晖照例要表态，如同他此刻说的那些陈词滥调，他在表态之余，内心仿佛穿了救生衣在大海漂流。他也不知道自己在等什么？于是，他退回到客厅，退回到绵软的沙发上，等开饭。

他把空调关了。

他想着最近这半年，自己确实太不像话，回家仅限于周末陪父母吃顿饭，吃完不足半小时便要走。如果是午饭，那母亲就会挽留，希望留他吃晚饭，或者带一些荤菜回去。有时，他知道那些菜会是什么结局，还要配合着，让母亲好受一些。更多的时候，那些精心烹调的大鱼大肉被他嫌弃得，只差自己跳进垃圾桶里。他的父亲就会来解围："不要拉倒，留给我，我来吃。"有一次，致晖的母亲闻之暴怒："这是你的儿子呀，你怎么一点都不关心他。"

"是他要走呀，又不是我赶他跑。"

"这种人哦，这种人哦，"当时她的牙齿都在打颤了，"杨致晖，你帮我听清爽，这人一直拿你丢丢掼掼的，从小到大就没上过心，等他老了，你不要管他，送他进养老院。"

致晖赶紧赞美母亲，要尽孝，并承诺要对父亲好。他说的时候，手搭在父亲的肩膀上，像兄弟间的亲昵之举。一大块骨头，他的手被刺到了——父亲怎么瘦成这样，穿了羊毛衫摸上去全是骨头。

"养老院，哼，"父亲笑了，"寿则多辱，你们懂吗？我活到七十岁就可以了，趁现在还走得动，再跑几个地方，就回本了。”

那句“回本了”由此成了致晖的心病，反复解读，似乎应答了某些疑虑。那是2013年，父亲结束了一周的港澳游，回来之后大病了一场。可是，一个礼拜吊的盐水都灭不了他心中的火，他在病中还上网查各国旅游的资料，为下一次的出行谋划线路，仿佛失心疯。

“爸，你们下趟去啥地方啊？”致晖问。

里屋传来咳痰的大动静，还有烟味。

“去东南亚。”

致晖整个人躺在沙发上。他不知道该怎么劝父亲。他只是非常担心，如果他的担心是有道理的，那么父亲坚持这样高频率、高强度的旅行，显然是错的，也是对的。

9

陈玲从厕所里出来，瘫软在沙发上。她问正在厨房的致晖：“还记得第一趟去安顺路看房子吗？”致晖端来一杯热水，建议她坐起来。

“那天拉得特别厉害，不像是一般的拉肚子。”陈玲说。

致晖当然记得。那个下午，他陪陈玲去民生美术馆，给一位外地诗人的讲座捧场。陈玲不知受了什么刺激，讲座临开始，突然面露凶色，拉着致晖就往门外走。这对致晖来说何尝不是一种解脱。后来转到安顺路口，有许多园林工人，穿戴橘黄色的衣裤和安全帽，架着高梯正在修剪树枝。底下还有协管，拉围绳疏导交通。或许是被那些黄绿相间、伴着咔嚓之声往下坠的繁枝冗叶迷住了，陈玲看愣了神。

“要么，陪我到前头的唱片店去兜兜？”致晖问。

陈玲没有拒绝，因为不相信上海还有实体的唱片店，更不相信店里只卖黑胶。在安顺路近凯旋路口，他们推门进去，还是因为陈玲的不相信。致晖随机找了一个中介讨教：“我记得以前这里是唱片店啊，怎么改房产中介了？”在这样的场合，遭遇这样的疑问，对方也惊呆了，他没让致晖失望，微笑着做了旁证，至于唱片店老板的行踪，这涉及隐私，不过，这位安徽籍的小伙子有一种职业性的热情，后来还是说了一些，在凯旋公寓的一套房子里。业主乐呵呵地给三位来访者端来新泡的龙井，说自己也是快要移民了，也是去美国，下月的飞机，急着套现，诚心要的话价格好商量，家具家电如数奉送。

这个小区建于上世纪末，绿化有限，但是随处可以闻到桂花香。恰恰是在陈玲的社交圈子里，好几位文化人讨厌这种过分甜腻的氛围，而另一些北方的朋友把它拔高到了念想的程度。当晚，致晖请陈玲去一家京苏菜的饭店用餐，甜品里就有一道的配料是桂花。两调羹下去，陈玲就觉得肚子不对，坐在马桶上的感觉更糟糕，拉稀就像空袭，一阵一阵的，还有余震，相继发生在地铁站内以及回家之后。如果致晖也是如此，那就好办了，很容易下一个结论。偏偏致晖安好无恙。陈玲只得把这家饭店列入黑名单。此后，有更多的本地餐饮企业遭此厄运，以至于陈玲都不敢在外面吃饭了。她越是敏感，抱了验证之心去尝试，结果就越是明晰，这不是餐饮业的整体堕落，而是自己的身体出了状况。

“烫的，吹一吹再吃。”致晖坐到陈玲身旁，试着劝说她，明天去医院，别再任性了，做检查吧。她并不吱声。微弱的气流在倾斜的水面上制造出一些波纹。她试着用热水暖暖肠胃，随后小腹满意地给予回应。

一位淑女，平躺着肚子老咕噜，用餐之后老想放屁，这无疑令人烦恼。致晖是不会在意的，起初，他倒是觉得挺欢乐的，在家里与异响或异味正面冲突，必要哼着小曲去揭发，让陈玲红着脸打骂他，甘之如饴。后来情形有点失控，他也就不再提了，对于发生在朋友聚会时的尴尬，如有需要，他会舍身替陈玲解围，因为他们俩在艺文圈习惯出双入对，原先是一种姿态，后来有了其他理由。

无论病理如何，无疑是肠胃虚弱的表现。陈玲的肠胃也的确是不省心，记者的职业病，可以追溯到大学时代。由于致晖再三敦促，陈玲直接跳级看专家门诊，医生建议先做检查，但是这检查太过痛苦，光听医生描述过程，她已经觉得身体饱受摧残。

“还可以，我以前做过的，就是有点胀，管子插进去以后先要充气的。”致晖在家里劝说陈玲，把那个过程描绘得只差一套设备就能现场示范。后者反问致晖当年涉险的原因，听完又气又恼，愈加不愿做这个检查，仿佛特殊年代，要和成分不好的亲人划清界限。可是，症状总是存在的，在她的身上形成了某种意识，如同那些乳糖不耐受的人，知道喝牛奶容易腹泻，久而久之，倒像电灯开关那么灵敏，似乎喝了，接着就得跑厕所。

她还是倾向于药物治疗。改服进口药的初期，症状得到改善，这一段，日后被她归结为心理治疗，因为病人在服药之前会有一定的心理暗示，认定药物会对自己的症状有所缓解。她还尝试过中药，医院里代煎的，袋装冷藏，吃之前用微波炉转两分钟，喝的过程极痛苦，效果不可谓不显著，倒胃口，嘴巴苦，还有就是放的屁更臭了。

所以，当公共聚会与公共厕所无可避免地撕扯在一起，陈玲外出的热情，好似赤裸在寒冬的温度计，降得需要一台空调。她确实更注重保暖了，偶然在牌局上露脸，总有师长追问，怎么最近很少出来啊，她基本上只有“忙看房子”“忙创作”两个答案。很多因为工作关系拿到的演出赠票，转而惠及她的主编，替后者改善约会的环境。那位男士，陈玲还未曾谋面，只是常听主编谈及，这毕竟是后者谈的第一个男友，据说，这两位大龄未婚人士正以结婚为目标短跑。这让陈玲很是欣慰，她已经尝到这个滋味了，长期憋在家里，实在太痛苦了。

“好点了，过一会就好了。”陈玲又喝了口热水。

如今，她最大的固定娱乐便发生在夜里的卧室，被沙发和致晖搂着，观看老电影。有一晚，他们看的是《廊桥遗梦》。片尾，当镜头停在驾驶室内摇晃的十字架时，陈玲啜泣起来。她哭是因为一些更复杂尖锐的原因。

“我会照顾你的，放心，有我在呢。”

被致晖这样宽慰，感动之余，陈玲哭得更凶了。她觉得自己看穿了致晖，厌恶他给的承诺，这背后的潜台词让她觉得自己被诅咒了。这样的日子太折磨了，未来，她不敢想。唯有一点，她想通了。她不可能做到与社交完全绝缘，于是，只能做减法。有些江湖地位的人物发出牌局邀请，她还会出席。馋嘴的毛病改了，吃什么喝什么特别挑剔。牌局总有食物进贡，有人带几盒白色恋人，有人提来蛋糕，有人抱着西瓜哈密瓜，也有的拎一个星巴克的外卖袋，基座里插满了大杯的拿铁或卡普奇诺。牌局之后要聚餐。讲究吃新开张的馆子。因为新店头三个月用的大厨是顶薪聘请的，头三个月打名气，等上了轨道，接班人培养好，大厨即刻跳槽，味道也变了。

“吃火锅啊，吃火锅我就不去了，这两天上火，嘴巴里都是溃疡。”陈玲要拒绝，也没人勉强。

“你长宁的房子算装修好了吗？等好了，下趟去打牌啊。”

“没有，”陈玲说，“最后没装修，借出去了。”

“那你打算长住长乐邨喽？”

“相对来讲比较方便，”陈玲不肯轻易出牌，思忖道，“再讲吧，看情况。”

这个决定也很蹊跷。在致晖看来，陈玲等于是把离婚的那笔款子换成了房产理财。在突然变卦出租之前，陈玲还在凯旋公寓等候收废品的来搬旧家具呢，久等不来，久等不来。上楼之前，陈玲查看了一下邮箱，每个铁皮盒子里插了一张福音传单，红色的对开，字迹全黑。她看了几眼，又把它插回去，只取走那些超市、健身、房屋买卖的宣传页，一律揉成团，丢进垃圾桶。

10

百余本教科书、习题集，还有数量更多的练习簿，致晖全当废品卖了。中学四年的物证，在他可支配的范围，他只留了音乐、美术几册闲书。在一个应试教育的大环境下，这类赏析课，给他留下的回忆是可再生的。

一场决定命运的考试结束了。长期拖在班内倒数的致晖，意外考取了区里最好的高中。谢师宴上，他的班主任，一位胖胖的、教政治的中年女士，绯红了脸，啧啧称奇：“本来觉得顶多就是‘普高’，没想到是市重点，还是公费生，这绝对是放卫星啊。”

致晖更多是感到舒心。他在知青子女十六岁报户口的节骨眼考取了上海的高中，不用担心被遣送江西了。能去更好的学校，这得感谢中考填志愿的特殊，从高到低随便填，只比考分，无所谓志愿先后。

于是，在高一那年，他的户口如愿迁回上海。父母沾光，加上一系列的弄虚作假，半年后，双双以退休身份回家。父亲变了，成了一个不折不扣的赌徒，牌桌上的常胜将军。致晖和父亲原本就疏于交流，现在连见面都少了，好似他活在一个单亲家庭里。他以前是被奶奶托管，现在则是母亲最操劳，甚至连奶奶的馄饨摊都被她接手了。

母亲还要督促儿子学习。在这点上，致晖还是比较自觉的，但已不像以前那么刻苦，放学之后，必要去篮球场玩个把钟头，寒暑假更甚。到了新学年，站在操场上，体育老师发现他比两个月前高了十几公分，把他调整到队伍的中间。他的一个贺姓同学，发育比较早，笑他一定是在家里偷吃了许多发糕粉。他佯怒唱歌作为回应：

“Hello，hello，hello，how low.”

一唱好几遍。

他们俩都喜欢欧美流行音乐，尤其摇滚乐，这是小贺对他的影响，因为其父是一名翻译官，时常从国外带唱片回来。遗憾的是，高二才读了几个礼拜，小贺就随家移民瑞士了。他和致晖一道去淮海路淘碟的隐秘岁月，还有彼此的友谊，停滞不前。回望这段，致晖惊讶于双方之绝情，居然再无联系，这样的悲剧若是在今日发生，他大概会苦闷好一阵子。人在年轻的时候不仅生理上的疲惫与病痛容易恢复，心理上的伤痕愈合起来也快。但是他此后就再没交过什么知心朋友。他就记得那之后，吃完晚饭还是喜欢往徐汇与卢湾的交界跑。在襄阳路服装市场的对面，当时有一条街的碟贩子，蹲在地上，守着一摊摊的打口碟，十块钱三到五张。

对于致晖痴迷音乐，他的母亲是反对的，父亲却表现出了相当程度的宽容。有次在饭桌上，父亲破天荒多说了几句，说他在致晖这个岁数也很喜欢外国的文艺，用双卡录音机录过电台里的贝多芬，还在致晖小的时候，趁着过年回上海，在茂名北路“中图”隔壁的弄堂里买过几盘拷带。那些磁带，致晖全无印象，倒是父亲看的外国小说、电影杂志，虽然也都莫名奇妙地消失了，在致晖的记忆里，永远和江西家里的阳台书架在一起，白天光线充足，书都翻得破破烂烂。致晖的母亲偶尔也会提及它们，说当时打包了一卡车的行李，托运回上海，途中少了两个蛇皮袋。

摇滚乐就像哈哈镜，把身边的人变得面目滑稽。这可以说是致晖成绩波动的部分原因，通常浮在中游，偶尔很差，难得很好。他的性情突然开朗起来，对世界有许多看法，话自然也就多了。有一次，同桌在十校联考上大失水准，致晖几乎是脱口而出：“你本来考复旦是 out of question（没问题），现在看样子是 out of the question（没可能）了。”

最后的模拟考，致晖超常发挥，年级排名八十九，参考学校以往的风向，他把同济填在第一志愿。但是他的实战如同一场灾难，总分只高出一本线两分。他以为自己会落到二本。他的一本第三志愿和二本第一志愿是同所学校，一所曾在民国享有美誉的学府，如今只在一本设有三个专业，招三百多名学生，那一年，把它填在第一志愿并且考到一本线的只有十九人。

11

那些背着书包的男女，在来福士广场的外围抽烟，谈笑间不乏轻薄之举。他们也是约在此地碰面。门口的节庆气氛紧追夜幕，灯光赋予花朵玫红色、金色的艳丽。站在那棵群星闪耀的巨树旁边，陈玲能闻到人工的芳香。

大剧院的演出离开场还有一个多小时。见到陈玲，致晖先是问她晚饭怎么解决。她早就想清楚了，福州路上有一家日料店，招牌拉面还不错，在肠胃友好系的选择之中算是便捷可口的。“可以啊，”致晖给了意见，“前头有家耳机专卖店，先陪我跑一趟，老快的。”

那家店铺位于浙江中路，致晖帮陈玲开门，站在女友身后向店员喊话："帮我拿一副铁三角的 IM04。"那轻松的劲头，让陈玲怀疑自己是进了星巴克，便打量起玻璃柜内的各种发烧器材，关键是那些标价牌。后来，她的视线遭遇致晖在收银台前侧过身来的怪笑，她便揶揄道："讲讲嘛工资没几钿，你倒是蛮舍得的，买副那么小的耳机就三千多块。"这话被致晖当补药吃了，离店之前还在傻笑，不过等他把店门带上，随即冷静了，用一种刻意的严肃口吻对陈玲说："送给你，算是圣诞礼物。"她有点吃惊，仍能平静以对："下个礼拜呀，那么急了送做啥?"他呵呵笑道："夜里讲给你听，有道理的，到了床上再讲。"这下，她是真吓到了，埋怨道："太奢侈了，一副耳机呀，还不如再加几千块，帮我买只包实惠。"

到了深夜，致晖的话逐一应验。她拆开新买的耳机，插入用了没几周的 iPhone 6，点开虾米音乐，随意试听了一首《万福玛利亚》。还没轮到关淑怡开口呢，陈玲摘下一个耳塞，欢快地对正在客厅呼哧呼哧举哑铃的致晖说："效果蛮好的。"

往后的日子，代偿的音乐会基本成了陈玲睡前的固定节目，会有几位隐形的古典音乐演奏家在她的卧室独奏或者以室内乐的形式联袂，哄她入睡，后来换了一拨已故的黑人，吹着各种规格的西洋管乐器。她把被子拉近胸口，捧读一本不太烧脑、余韵绵长的小说，比如福楼拜、契诃夫、老舍、沈从文或者库切。有时，音乐进入华彩段落，她的目光转投淡黄色的天花板，甚至用眼皮把上面的吊灯、床头柜的台灯熄灭。她觉得自己很虚弱，或者说，虚弱是她最近难以击退的对手。黄昏不再是她外出的序曲，而是她回家静养的号声。除了那对一千多块的接在电脑后面的有源音箱，家里的多数设备都从陈玲那里得到了远胜于以往的关爱。

有一晚，陈玲和致晖聊起当代人听音乐的习惯改变。她说现在大家彻底接受了流媒体，别说是实体唱片，就连 mp3 都被遗忘了。

"我老早为了买唱片，真是全上海都兜遍了。因为学生嘛，没啥钞票，原版 CD 一百多块一张，买不起嘛只好去淘打口碟，碰运道呀。老多上了班的也在淘，因为便宜呀，像抢一样。啥地方有新货就一窝蜂，潮潮泛泛的人。老早大自鸣钟到新货开头箱，真的就是打仗，像计划经济的电视机票，抢到一张欢喜的片子好开心半半六十日。这种感觉哦，后来我上班以后，开始海淘以后就再也没了，因为买一张日想夜想的专辑太便当了，无非是多摸几张钞票。我反过头来再看看老早，我觉得淘片子这桩事情最享受的不是淘到啥，而是在淘的过程当中认得了多少朋友，跟大家一道交流音乐谈山海经多少开心。是真的开心。老早听摇滚的人少呀，像少数民族一样。现在这个圈子这种文化也都歇脚了。这个变化就是从宽带普及开始的，像 Soulseek 这种下载软件，当时大家都在用，上海一些搞乐队的人基本上就不出去淘了，硬盘里全部是 mp3，想听啥，就 down 啥。"

致晖洋洋洒洒说了一堆，总感觉下一秒就会被陈玲打断，没想到她那么虚心。她见致晖的表情与语气越说越感伤，顿了许久，才接茬提起以前听过的“中图”往事，隔壁弄堂的“拷兄”文化，卖翻录磁带，影响了一大批老文艺。

“拷带我没经历过，我当时在江西，不过我爸好像买过的，我听他讲过一趟，问他细节也不肯讲，”致晖思忖片刻，说摇滚音乐在上海是怎么传播的应该被研究，作为一项社会学，因为这玩意起初是资本主义的毒草，现在居然晋为大众文化，选秀节目以唱摇滚为时髦，连嘉宾导师也要跟摇滚发生点关系，抚今追昔，实在滑稽。

“要么我来做!”陈玲几乎从床上跃起来。

12

真是尴尬。致晖和她们逐一打招呼，叫“阿姨”，还要陪笑，这是他回张园极不愿意面对的场景之一。闹哄哄的一群人。有时围在楼下的馄饨摊旁，有时坐在家里的客厅沙发上；有些是母亲的老邻居、老同学，有些是父母在江西插队时认识的上海知青，还有一些，过往没瓜葛，纯粹只是父母回沪以后，知青介绍知青，朋友推荐朋友，七搭八搭贴上来的。好像上海人对张园这样的老弄堂还是难舍难分，心里总有一小块田地留给它。有些人动迁搬到郊县，一两个礼拜到杨家的馄饨摊来一趟，好像就有一种乡愁的罅隙得到填补的满足感。在致晖看来，这其中母亲要负主要责任，她身上是有那种居委会阿姨潜质的。结局是家里成了知青俱乐部。在他读大学的时候，家里的骚乱已经足够他困扰了，所以，他周末回家俨然和没回也差不多，一直野在外面，照母亲的说法，为了一点塑料垃圾忙东忙西，书也不好好读。说到这里，母亲就该叹息了，就该讲给她的知青朋友听了，而致晖也必然少不了会被一些热心听众问候、劝导，俨然他已经是一个混社会的白相人。

近几年来，新闻里偶尔也会报道中老年人在宜家买杯咖啡一坐就是大半天，或者孤寡老人宁愿被骗也要去某些保健品机构互相取暖，试图探究、解决其中的社会矛盾。致晖看到这类新闻就会想起张园的家。他当然很同情这些知青。这代人吃了太多苦，好些人如今的经济条件并不理想，甚至拮据，所以他也就原谅了某些人的厚脸皮。他们过来，生意冷清的时候陪聊天，生意忙的时候相帮出力，临了回家，总会收到致晖的母亲送的一大包小馄饨。母亲还死活不肯收钱。一开始，那些朋友们全都做足了拒绝的架势，后来也就习惯了，觉得这是理所当然的。但是致晖的母亲并不这样看。笑着把朋友送走之后，她的脸就变了，心情必须通过一定的发泄才能恢复正常。致晖认为，这简直就是上海的一大奇迹，母亲送了那么多年的小馄饨，骂朋友骂了那么多年，居然还在坚持。他若是实在听烦了，向母亲提点意见，母亲就会粗了嗓子，教训道：

“做人的道理你懂吗？都像你这样，朋友都逃光了。”

“这种垃圾瘪三朋友，送给我也不要，姆妈，我还是那个意思，你既然拿他们当朋友，就不要当面一套背后一套。做人虚到这种程度，吃力吗？”

“这是我的事情，我的朋友，不要你管，你只要管好你自己就可以了，不要再让我们操心了……你不要嫌贬我烦，你要是真的关心我们，就早点把婚结掉，我们现在岁数嘛也大了，再老一点，等到哪一天你有小孩了，你叫我们带，我们也不一定带得动了。”

这时，就该轮到致晖的父亲登场了。父亲的角色依次是和事佬、三夹板。通常是他从棋牌室回来，嘴里哼着小曲，看到母子俩起了争执，就劝几句。

“麻将搓好啦，”母亲势必掉转枪头，“你闻闻看，一身的香烟味道，咳咳咳，咳不停地咳，这香烟到底有啥营养，像性命一样。”

“我没吃，是人家在吃。”

“骗啥人啊？赤佬才会相信！”

“是的呀，老爸，你香烟是好少吃两根了。”

“好好好，少吃两根，少吃两根。”

今天下午，致晖回家发现父亲又去打牌了，而母亲又在和她的小姐妹聊天。她们在客厅里聊的是一则讣告。这也是知青俱乐部的常见话题。后来，等到客厅里只剩母亲一人了，致晖才从卧室出来。母亲剥着毛豆，非常平静地说，某某某死了。

“刚刚你们不是已经讨论过了嘛。”致晖勉强给出一点回应。

“怎么死的，你也晓得啦?”

“你哈烦，我跟他有啥关系啦?要晓得那么多做啥?”

“我想你认得的嘛，就讲点给你听听呀。”

“我认得又怎么呢?我认得的人多了，每个人死了都要通知我啊?怎么死的，生啥毛病死的，你当我是电视台呢还是《新民晚报》啊?”

“好了好了，不跟你争了，莫名其妙的。”

“真的是莫名其妙的。”致晖咕噜道，心想自己难得回家，本来挺好的，现在搞得心情一下子沉重起来，算什么名堂呢?他不知道母亲是真傻呢，还是故意挑衅，只好埋头刷手机，把朋友圈里没看过的链接都点开来浏览。一旁的母亲，一边剥毛豆，一边和其他知青朋友微信视频，深入讨论那则新闻，那位曾经和她一起在江西插队落户，关系不太好的男子是怎么死的，还有往昔的那些记忆。

就这样，致晖在烦躁、厌恶、不安的轮番折磨之下，又坚持了十几分钟，眼看母亲越聊越起劲，就改了主意，打算回长乐邨。

“我先回去了。”致晖说完，起身去拿外套，戴围巾。

“啥?”母亲停下手边的活，对手机说：“二妹，你等一歇哦。”她抬头问致晖：“怎么要回去啊，饭不吃啦?”

“我夜里有饭局——”

“我米都淘好了——”母亲响着喉咙。

“老早就约好的，我过来就是为了看看你们——”

“那么你要早讲的呀，”母亲怒了，责怪的语气里透着失落，“你过来嘛又不讲，我怎么晓得你到底吃不吃夜饭啊——”

“我一回来你就跟你的朋友叽叽呱叽叽呱，讲不停的，我哪里插得进来啊——好了好了，不争了，反正你们没啥事情就好，我过来就是为了看看你们，多注意休息，生意嘛带带过就好了，不要太辛苦，要晓得钞票是赚不光的，命只有一条。”

13

地铁车厢内，移动电视正在播放一则养生节目，担任嘉宾的医生危坐着讲述某类疾病的预防和诊治。导播一直给的是特写镜头，就像巨大的证件照，缺乏表情的大脑袋光是动嘴，仿佛在规劝观众：“不要麻痹大意，留神你身上的变化，有什么症状赶紧就医，医生是专业的，要相信医生。”

这全是致晖幻想出来的。那屏幕正对车门，乘客有限，很难躲避。他发现屏幕上是这样一个穿白大褂的，立马条件反射地背过身去，从包里掏出一本书，试图藏匿在一个新世界，一个暂无不妥的世界。陈玲没躲，节目讲的内容有一部分这半年以来一直困扰着她。移动电视在地铁里要比在公交车上懂规矩，它是静音的，与其说陈玲是在收看节目，不如说她是在学习字幕。光是字幕就够了，足够她深陷沉默。等到她把视线移开，心里的懊悔，倒像是中了致晖的圈套，同时又觉得自己很可笑。这两种情绪，一直在她的脑内厮杀，战况惨烈，哀号不断。后来，有一支新的队伍出现，那便是陈玲此行的原因，局势开始朝她不愿面对的方向倾斜。电动扶梯带着润滑不够的异响和震动，与轰隆隆的地面达成了某种阴谋。天黑着脸，风吹来雾水，站台外面有两个外地妇女穿着红色的雨披在兜售十块钱一把的劣质雨伞。

雨势渐大。陈玲后悔应该乖乖待在家里。这样恶劣的天气，干吗非得出来看戏呢？真是一个糟糕的选择。但是，她又有非出来不可的理由，她来看戏，来看一出去年已阅的大戏，完全是出于对那位故人的尊重和怀念。

“我还是缺一部作品啊，”陈玲对着暴雨感叹，“那个摇滚乐的选题我一定要全力以赴，等书出版了，可以做一个讲座。”

后来在餐厅里，致晖或许是意识到了什么，提议要为陈玲讲个故事。他随后说的内容关于一位话剧制作人，五十多岁，制作过许多戏，有一出算是比较经典的，多次复排，从首演算起每一版都会请一位明星来跨界助阵。“几年前，他想重排这出戏，这次，他想请的是某歌星，有点过气了，他们之间还没有私交，所以费了好大的口舌，拼命说服对方。对方听完之后，就问了，说第一版是某某某演的，出车祸死了，第二版是某某某，病故的，第三版是某某某，自杀的，你们这个戏啊——歌星没有把话挑明，但是意思已经很清楚了。被歌星这样一说，制作人自己也懵了，因为这个戏从首演至今，已经过去二十多年了，每一版都相隔了五六年，这个巧合他倒是没有留意到，因为这些不幸不是连在戏之后马上发生的——”

“原来你知道啊？”陈玲打断道。她一直忍着让他讲，只是猜不透他的动机。

“你的文章我历来是不肯错过的。”

“那个制作人我采访过好几次，特别好的一个老师，说实话，他这次突然去世把大家都惊到了，而且是在春节期间，太意外了。”

“是呀，”致晖说，“我在看那篇文章的时候就在想，这个歌星现在算是咸鱼翻身了，现在面对记者回忆这段往事，是什么样的一种心情？又是出于什么目的？”

“你有点刻薄啊。”

“你误会我了，我没有丑化他的意思，我就是觉得这里面的巧合多了一点，我觉得如果他还愿意继续演下去——他好像说了，这轮之后还要演对吗？”

陈玲给了肯定的回答。

“那么今天晚上谢幕的时候肯定会有特别安排的，会有一些特别的纪念吧……我就是觉得这个歌星挺厉害的，他好像一点都不怕。”致晖见陈玲默然，就继续问道，“如果是你，面对这个邀请，你会答应吗？”

“我想我会演的，这是一个很好的机会。”

“没错，机会难得，那如果是一个小制作呢，就是那种你知道参与了对自己的事业也没什么改善的，你还愿意参与吗？”

“你好烦啊，你今天怎么了，吃错药啦？你不是最反感别人谈死嘛。”

“没有吧，我只是讨厌别人在我面前谈各种绝症，还谈得津津有味的，好像这些病他们全都免疫一样。”

“所以车祸不算？”

“车祸当然不算，这是突发事故好嘛。”致晖正色道。

14

既然没有高考复读的打算，致晖横竖是要去南汇的。给他寄录取通知书（拆开后他兴奋了好几天，仿佛获刑之后改判缓期）的那所大学，所有新生的第一年都在惠南镇打基础。从市区花三个多小时换四辆公交车，最终下车的落脚点，路的这边是破旧的教学区，另一边是更破旧的宿舍区。学校仿佛地图上的一小块飞地，围困于一望无际的田野。入学那天，庄稼茁壮得拒绝了微风的邀舞。天边挂着半凝固的烟雾，那是焚烧稻草的杰作。没人在意这些。双子塔刚刚遭受的空袭牵动着多数人的嘴皮子。互不相识的，在颠簸的车上热议，在正在化妆的寝室热议，一如故友重逢。八个人挤住一间十平方米出头的寝室，窗外尽是杂草、蚊蝇爬虫的骚扰。深夜，大家躲进各自的蚊帐，话题变为班上的女生。

那个年代的耳机普遍低保真，即便是日本原产的随身听，原配的耳机也难以企及今日的隔音效果。他躺在上铺，许多轻浮的言词、笑声，像古代的大军攻城，连续撞击他的耳膜。爱情，对他来说，无论是否牵扯到性，都是一个过于遥远的新概念。高中三年，他所在的班级只有两个人谈恋爱，一男一女，他们是一对，非常高调。男的那位是全年级选考生物的特例，没有条件像化学或历史那样，替他专门组凑一个班级，故而安插在物理班。致晖只知道，这对情侣都考取了复旦大学。多年以后，在一个阴郁的下午，致晖在地铁东昌路的二号出口偶遇了那个男的，致晖很激动，十余年没见，最关心的是他和她，还在一起吗？

“怎么碰着点同学都在问这个。”对方一脸苦笑。

“你现在在做啥？”致晖又问。

“我在当医生。”

“哦，医生啊，你名片有吗？”

“你听说过医生有名片的吗？”

随后，致晖又向对方打听高中同学的近况，基本上，都在国外发展。或许，正是这些躲在未来、不太愉快的经历，使致晖的大学室友给他取了一个“豪门”的绰号。对于诸如此类的挖苦，致晖基本放弃了抵抗，可以类比婚姻、职场的冷暴力。表面文章还是做的，但总的来说，彼此的兴趣爱好、三观差异过大，就连英语课都不一起上。当时系里英语成绩拔尖的一些学生组成一个班，从《大学英语》的第二册开始学，名曰“快班”，杜菲是这个班的老师。

这种场面，如今常见于一些名家讲座。主讲现身引发骚动，中间听了没听不知道，结束之后必然有许多问题非得涌到台上当面求教。就此现象，一位画家有过评论，不拒绝那些要签名要合影的，但是真正有出息的青年不干这等事情。

致晖当年倒不是说有出息。他也想。作为一个摇滚乐听众，他当时认为自己是全校摇滚乐听得最专的评论家、唱片拥有最多的收藏家，他的调性不允许他去凑这个热闹。这太不摇滚了。他习惯于在台下凝视，这样一个姿势，稀释了南汇生活的丑陋、枯燥、孤独。不能用简单的暗恋来解读他对英语课的向往，因为这两节课安排在周五的下午。他从未放过任何一个回家的机会。周末不是用来学习的，周末是他淘碟的日子。即便后来他踏上社会，工作、结婚、离婚，这个习惯还在吞噬他的周末，只是近来他有了新女友，关键是上海已经没有实体唱片店了，他才更接近于一个正常人。

有一位小说家，立志书写当代上海，和致晖聊过类似话题。他说自己曾经有个梦想，走遍上海的大街小巷，连一条小弄堂都不愿意错过。他在三十四岁那年辞了职，白天走路，晚上写作，成为一个专业的步行者，不幸的是，上海虽小，变化却大，他的足迹永远赶不上城市改造的步伐。这简直是在说梦话！致晖听了，感触颇深。人在学生时代，出行活动通常局限在一个小范围。致晖想起自己很早就有一种少侠闯江湖的感觉，对上海的许多区县好些旮旯角落有广泛的涉足，和五湖四海三教九流的人打交道，这等经历，无非源于他的淘碟狂热。曲阜路有三兄弟，他就去闸北淘碟；同济小马很有名，他就去杨浦淘碟；八百伴附近有一条街的流动摊贩，他就去浦东淘碟；大自鸣钟崛起了，普陀区跑得比其他地方都勤快。

想到这些，想起一切全都已经完结，致晖不由得感伤。

15

致晖有节奏地拍打桌面，名字仿佛就在嘴边："现在记性是不如以前了——哦，想起来了，叫卢智刚。"

"哦哟，是他啊。""他啊。""我当是谁呢。"同桌的两男一女齐刷刷地给出了回应。这三位皆是上海的影评人，在这家通宵营业的台式快餐店内，刚看完戏的致晖和陈玲与他们一行七人偶遇。点单的时候并没有意识到，方才候餐，陈玲觉得后面正在阔论的中年男声非常熟悉，转身一探，果真是张老师，本该打包的饮料也就应景地改成了堂吃。

“两碗小馄饨。”此时，女服务员托着餐盘凑过来，致晖的加座占了半个过道，而且离桌子的距离有点远，挡了她的路。

“我们总共点了六碗小馄饨。”坐在陈玲背后，隔壁靠门那桌的一位男士回身叮嘱。

“还有四份蛋饼，两杯冰豆浆。”张老师微笑道。

“我也是冰豆浆。”致晖附和。

“我是热豆浆。”陈玲特别提醒。

“你先吃吧，”张老师把端到自己面前的小馄饨让给了同侧的小安。这位女士谢过之后，先喝了一口汤，感叹道：“说起卢智刚，我真是一肚子的委屈……当然，我说这话没有半点冒犯他的意思，我就是觉得这事情很倒霉，偏偏让我碰上了。”

她口中的倒霉事发生在八年前的愚人节，和今日一样，也是雨天。半夜里突然接到一个陌生电话，问她认不认识卢智刚，她说认识，对方便说，卢智刚出了车祸，现在正在医院抢救，请她赶紧过来一趟。她当即懵了，因为卢智刚与自己不过是泛泛之交，知道他是上海很有名的独立影评人，当日下午在电影节的审片会上见了第一面，互相留了手机号码。

“他报了号码，我打给他的，我估计交警给我打电话就是因为他手机的通话记录里我是排在最前面的。”

“估计是的。”张老师说着，往嘴里送了一个小馄饨。

“据说他是闯红灯。”陈玲说。

“那么大的雨，他那个高度近视的，兴许没看清吧。”张老师说。

“然后我就在太平间的门口等他的亲戚来，他只有一个奶奶，结果等了半个多小时，来了一个他的导演朋友，后来尸体还是我们两个去认领的……我就觉得这个事情很荒诞啊，认识才一天的朋友，结果莫名其妙当天晚上就死了，警察还给我打电话，还要我去认领尸体，我一个小姑娘，我也怕的呀，又不好意思逃走，真是硬着头皮在太平间门口等了那么久……”说到这，小安顿了一顿，抬头问大家，“你们说说看，摊上这种事情是不是很倒霉？”

无人回应。

16

家里的电话响个不停。致晖故意不去接，仿佛在赌气。他今天回张园是来取快递的。他为父亲买的生日礼物比预想的迟到了两日。今天清早，父母开心地赶去机场汇合。又是一次漫长的穷游，又是和那群知青朋友。三十多年前，不同阶级、性格、爱好的他们，不由自主地在异地聚集，一起生活，一起工作，如今，在他们的身上仍有许多无法调解的差异和矛盾，异地聚集的动机变了，形式变了，结局依旧。上次是日韩游轮七日行，这次是去“新马泰”，整整两个礼拜。最初知道这个行程，致晖萌生了找父亲谈心的念头。他回忆父子俩上次推心置腹居然是一年多以前的事情了，当时他预备离婚，为父的表达了支持："你既然决定了嘛，我也不好讲啥，反正你自己心里有数就好了。"

无可挽回。致晖想，父亲现在完全是走火入魔了。长途旅游是多么劳神累心啊。两次出行相隔不足一个月，他不心疼钱，因为那是父母的钱，他管不着，但是中老年人旅游玩出这样的频率和强度，是他无法容忍的。他想起一三年的春天，父母和知青朋友第一次结伴出游，从九寨沟回来以后，母亲拉着致晖抱怨："哦哟，太吃力了，赛过是出去插队落户，睡也睡不好，吃也吃不好。"

他问原因，一个让他匪夷所思的答案，就连和他刚度完蜜月的前妻听了都在偷笑。在那一个多礼拜的旅途中，母亲在酒店的休息时间有大半部分忙于洗衣服。老夫妻俩当日的内衣内裤袜子，有时连厚厚的外套也不放过，搓洗干净，吊在绑好的旅游绳上，空调开足，次日清晨若是没有干透，就请厕所的吹风机来帮忙。

这是父亲非要母亲陪同的主因吗？有几次，母亲实在是身体透支了，加上舍不得馄饨摊的生意，父亲被迫一个人（当然，还少不了那些知青朋友）出行，结果，那些脏衣服无一例外打包进了旅行箱，回来照旧是母亲在洗，而且她是一个不相信洗衣机的人，非要亲自动手，从这个角度来说，她的洁癖不可谓不严重。

一定是这样，母亲有严重的洁癖，至于父亲，致晖也有自己的推断，以至于，他厌恶旅游，厌恶这两个字，厌恶一切会让他联想起父母出游的提示。父亲瘦了，黑了，咳嗽的症状日益严重。让致晖痛苦的是，父亲完全不在意这些。有一个晚上，咳嗽声让致晖完全无法入眠。他难得回家住一天，就遇到这样的情况。母亲居然换了一副口吻，不再责怪父亲，黑暗中，能听到她哀求的口气："带你去看急诊好吗？"

"急诊有啥看头，有卵用啊？"父亲粗暴地打断道，为了躲避老伴和儿子的不懈劝说，他后来索性搬到客厅去了，自顾自干咳，后来，窗外响起了雨珠拍打的声音。

17

黄色的强生出租车在雨中穿梭，一路激起水花，仿佛洒水车。致晖和陈玲躺靠在后座，表情凝重。

"今天晚上真是到处都是戏啊。"

"早晓得还是待在家里好。"致晖说。

"刚刚那一出，你怎么看？"

"如果你问的是小安的故事，说老实话，我听到后头有点出戏……我当时在想，如果等下她要加我的微信该怎么办啊？"

"神经病。"陈玲几乎是脱口而出。

“你反应那么快，说明这个问题也让你为难过。”致晖说。他见陈玲不吱声，就兀自念叨：“要电话号码是不可能的，我就怕等下她说，来来，我们扫一扫。”

“扫你的魂灵头，”陈玲说，“所以后头你就不响了。”

“低调一点，低调一点，但是有种话题我实在是气不过呀。比如讲到上影厂的时候，他们也同意我的看法呀，上影厂现在等于就是一家专门卖书号的出版社呀。”

“不晓得为啥，我就是觉得老难过的……你想想看，讲讲嘛是朋友，都是影评人，等于是一个圈子的朋友加同事，我看看他们一点也不伤心嘛。”

“这也没办法的，那么大的雨，肯赶过来再看一面已经老好了，还要怎么样啊？在医院里抱牢家属痛哭一场，出医院再哭一场，回去以后日想夜想？”

“这倒不至于，”陈玲说，“怎么讲呢，就是这种感觉老奇怪的，除掉一开始碰头的时候气氛有点压抑，后头是越讲越 high 啊，有讲有笑的，我就在想，怎么他们一点也不伤心的啦，我猜想哦，大概再过几天，大家就会把这桩事情忘记掉了。”

“一个人要活在别人的心里是老难的，除非是亲生爷娘，老婆小孩，还有最好的朋友。”

“一个人要活得时间长，大概也只有活在自己的作品里了。”

“也要看是啥作品。”致晖答道。

两人沉默了。能听到刮片勤劳的咕咕声。车窗上的雨滴不情不愿地集合，被放逐到扇形的边缘之外，有一部分试图沿着仿佛泪痕的轨迹回去。

陈玲问致晖，先前在快餐店里为何要提卢智刚。致晖说几天前下载了一部冷门电影，下载页面的文字介绍直接扒了卢智刚的影评，那篇文章笔力雄健，观点毒辣，读下来浮现起许多往事，以前对逝者的误解和偏见也都化为了惋惜。

“我老早采访过他的。”陈玲说。

“啥时候的事情啊？”

“应该是零六年，我还带了摄影师到他屋里去，他跟他的阿娘一道住的，是那种八十年代的老公房，老小的两室户，他睡的房间里堆满了 DVD，电脑台也堆满了，连床的边上也是 DVD，墙上贴满了电影海报，老阿娘帮大家倒茶，一句闲话也没的，去厨房间里弄小菜去了，精精瘦，他好像就这样一个亲人。”

“作孽啊，”致晖感喟道，“不晓得他的阿娘还活着吗？”

出租车还在雨幕里奔逃。

当晚，致晖和陈玲全都失眠了，躺在床上，望着天花板数绵羊。次日，朋友圈里陆续有人转发一则讣告，张老师、小安等七人雨夜赶去医院探望的那位影评人，于凌晨病故了。

18

杜菲消失以后，致晖变得内敛起来，就像回到了焦虑的初中时代。即便是在今天，在他工作了十几年之后，他还是会做这样的梦：中考迫在眉睫，还有一堆公式和课文没有搞懂。

本科毕业之后就再没回过母校，他刻意与杨浦区保持距离。在他的意识里，那块地界是多么残酷啊。但是他无法解释为何要去参加寝室同学的聚会。通常是在徐家汇附近，他还需要把自己装扮得比较热情。有了第一次，就无法拒绝下一次。人脉是社会资源的无形资产，那个与大学相关的账户，他从未想过要从中提取什么。和他们没有共同语言——在校期间，他给杜菲的就是这个答案，如今时间把杜菲吹去了美利坚，完全失联的状态，他的态度依然未变。严格而言，他是一个没有朋友的人，很难找到倾诉的机会。只有在这种情况之下，他才会对出没在张园的那些知青投去一瞥理解。他相信自己在父母和那些人的身上发现了一些宗教符号，他们的许多行为以及由此而生的喜悦是无法解释的，让他极为羡慕。他只是羡慕，而没有举动。他没法和父母谈论杜菲。关于大学时教过他英语的那位女教师，只是作为同学聚餐的一道点心被端上台面，在浮薄的笑语中激起一阵苦涩的浪花，溅了一身还满。

近些年，国内开始关注抑郁症，有许多报道，致晖看了以后，怀疑自己曾经也是患者。可能是，可能不是，据说抑郁症会有自杀倾向，还会抑制性欲，这两点他完全不符合。是不是，他说了不算，所以需要看医生。

工作之余，他开始学杜菲搞一些文学创作。夜里写小说，白天上班，写的时候挺快乐，写完之后很沮丧。长此以往，身体释放出一些信号。一些症状几天不退，他就坐不住了，非得去求医。积极的检查报告远比药物和医生的宽慰有效，是药三分毒，他配药，却很少服用，顶多吃几顿。没有人比他更清楚，他的心理出了问题。他知道，却不愿意看心理医生。又能解决什么问题呢？只有在谈及心理医生的时候，他和历来蔑视就医的父亲能够站在一起。心理医生又不给病人做检查，心灵鸡汤那套东西，致晖简直全懂，自己的问题也全懂，只是没有办法彻底说服自己罢了。他似乎抱着一种唯物的态度，更相信科学检测，但是检测难免出纰漏，从业人员的素养与能力还有差异，那些报告是否值得信赖？他表示怀疑，这样一来，唯物又退回到了唯心，甚至是违心。

还有什么事情能让他快乐呢？快乐的成本越来越高，持续的时间越来越短。那些年，买唱片是少数能够给他带来快感的事情。但是那快感如同放射性元素，不断半衰。实体店里选中购买的那个瞬间，抑或海淘到货拆邮包的那一刹那，他似乎忘记了人世间的烦恼，人是飘的，短暂的失重状态。

踏上社会，有了工资，他就忙着把家里的唱片柜重新填满。和杜菲同居的日子，柜内值钱的唱片几乎都卖了，他可不愿意一直吃软饭。和老师谈恋爱，无异于做贼。他最近看报纸，还能看到各种打压、唱衰师生恋的论调。

抑郁的时候，最好的应对办法是健身。他原本就喜欢健身，现在健身好比是躲进防空洞，专心致志的时候，没有缝隙去体会、思考痛苦，把自己搞得很累，非常累，累透了。后来，在他二十四足岁的生日那天，他花了将近一个月的薪水，买了一副 Hi-end 耳机。这对耳机播放最多的曲目是贝多芬的作品 111 号，经过大量的实验，他发觉这套曲子的效果最好。什么都不做，什么都不想，如同一种宗教仪式，致晖习惯躺在床上，在乐符的激荡中一声不吭。

19

整个晚上，致晖基本就没怎么说过话。不能说是习惯，习惯意味着麻木，但对陈玲来说，发生在男友身上的一些异相，她多少有一点见怪不怪了。她已经能够通过他的言行、状态推导出他的心情指数。他心情好的时候像台上的滑稽戏演员，总得来说，好心情占据主导，可是一旦抑郁，她就知道他大概在想些什么，甚至于，从他举哑铃的频率也能得到一些提示。他此刻举得又快又猛，她判断紧接下来他就该去洗澡了，然后像块木头倒在床上听音乐，把贝多芬的作品111号从头到尾听上几遍。

“我有点担心我爸。”直到两个人全躺下了，灯也灭了，他才主动丢出一句话，只不过，是对着天花板讲的。一个陈玲陌生的答案。

“你爸怎么了?”她问天花板。

“他现在明显瘦了。”

“年纪大了，要么变胖，要么变瘦，正常的。”

“不正常，现在是又黑又瘦，”致晖送给陈玲一个激动的表情，“你没看到他这趟从东南亚回来的样子，像一块晒干掉的木头，一直咳嗽，我真是担心啊。”

“那就去看医生，”陈玲也侧过身来说话，“你带他去看呀。”

“问题是他死活不肯去呀，怎么劝都不听，我妈也急了，讲屋里一对宝货，儿子喜欢看医生，看好配了药却不吃，老子嘛不肯看医生，滥用抗生素。”

“你知道你的问题就好……不对啊，不看医生哪里来的抗生素啊?”

“有时候医生给我开的，我不吃嘛，就全部被我爸拿去了，他是有点啥情况就乱吃药。”

“你是哪里有点不对就要做检查。”

致晖没做声。许久之后，他告诉天花板：“问题是他现在那么喜欢旅游让我想不通呀，一个地方回来，没过几天又出去了，他老是说，再白相几年，要抓紧白相，再白相几年就歇脚了，”他的声音居然有点哽咽了，“我就觉得老奇怪的，像他现在……这种情况——我听老娘讲，他在外头也是一直咳，一直咳，连一道出去旅游的朋友也讲了，老杨啊，你好去查查看了，啥情况啊……”他哭了，抽泣道：“我真的是担心，我有时候……听到他在厕所里咳痰，用了老大的力道，感觉要拿肺也咳出来了，我听到水斗……在冲的声音，我就老想过去看的，但是我又不敢过去看。”他痛哭起来，转了一百八十度，像一只大虾，把微微颤动的背部暴露在她的凝视之下。

可怜的人——陈玲的眼神里含了轻蔑——他甚至没有勇气正对着我哭。她这样一想，仿佛预见了未来。现在他的身体还很健壮，从机体的角度，在同龄人里，他可以称得上是健康——等到他年纪大了……她不敢再想，开始审视和他的关系，如何继续？想到这，她伸手去抱这个饮泣的男人，把他的后脑藏到怀里。她甚至有点可怜自己，一想到自己的身体状况，心头掠过一丝恐慌。

“我不会离开你的，我会一直照顾你的。”

她被致晖突如其来的表态震慑到了。

“抱紧我。”致晖说着翻了个身，右手撑在枕头的下沿，屁股和腰部腾空了挪向床尾。“抱紧我。”他祈求道，顺势搂住她的腰，把脑袋深埋在山丘之间。他的眉骨、颧骨，脸上突起的每一寸皮肤，此刻，都在竭尽全力感受她的心跳与温度。“抓我，”他喘着粗气下了命令，“抓我的头发，用力抓。”按照他的指示，她的手指像在他的头发里缝补什么，时而绷紧，时而轻柔。

他猛地挣开，直起身来，清了清嗓子，方才还在擦拭眼泪的那对手掌现在相继扣向她的两边锁骨。他吻她的左侧颈部，顺着线条舔到耳垂。

浓重的喘息声。

她觉得自己简直快要爆炸了。

退潮之后，两人赤条条地审视天花板。

“陈玲，答应我一桩事情好吗？”

“啥？”

“明天我陪你去医院，你应该去做个检查，不要再拖了。”

她没有应诺，也没有拒绝，而是侧过身来，把头埋在他的胸口，紧紧抱住他。

20

“喏，报告给你看。”父亲从病历簿里抽出一张纸片，重重地拍在桌面上。在此之前，致晖一直没敢出去迎接。他从楼梯的动静，特别是干咳的声音已经有了判断，父母回来了，这下终于有结果了。

“放心了吗？”父亲得意地说，“我讲了嘛，就是老慢支。”

“老慢支你也要引起重视，”致晖的目光在印刷体的文字上检索、扫描，“反正你的香烟最好戒戒掉。”

“戒不掉了，真到了我不想吃的那天，命也不长了。”

“照你的意思，”致晖还在低头研究报告，看第二遍，“我们还应该望你多吃两天喽。”

“人活着是为了开心，不开心活它做啥？”

“静安区中心医院啊？”致晖发现了一个问题，“我不是叫你去华山医院看嘛。”

“华山医院太挤了，”母亲插嘴道，“连静安区中心医院也是人挤人的。”

二甲的医生看片子的水平不如三甲的，或者看得比较马虎——致晖不敢想了，再深究下去，这张报告就成了废纸，而他的父亲绝对会进一步嘲笑他。就让他们嘲笑吧。此刻，他很享受被嘲笑的感觉。仅就今天而言，这绝对是一则重大的利好消息。他已经想好了，父亲眼下已经不需要他了，他该回家了，回长乐邨。

21

又到了夏天。医院的正门口，许多人出来，更多的人涌入。陈玲回想过去的这一个多月，自己经历的那些痛苦，两次检查的过程犹如受刑，第一次是为了排查，第二次是为了治疗。今天过来取这份报告，她不敢说自己不是战战兢兢的，来的路上，尤其是在讨要报告的窗口，她看到护士在一叠纸张里来回翻找她的名字，仿佛并没有这样一份报告。等待持续了近十秒，她的心脏也经历了一次百米冲刺，双腿提前感受到了赛后的虚乏。

现在好了，一切都过去了。

陈玲没有马上回单位，也没有回家，而是在绍兴路上找了一家咖啡馆，进去点了一份早午餐。在拿铁和咸牛肉三明治上桌之前，她一直保持着优雅的坐姿，她相信人生还有太多可能。眼下，街面的风景暂时可以称之为宁静。打破这种态势的是一只小狗。透过落地窗，陈玲目睹了它倚着树根大便的过程，它的主人，一位和善的老妇，从小包里翻出两张草纸，娴熟地将那堆排泄物包好。刹那间，陈玲想起了半小时之前在医院里听来的段子。她觉得自己确实是有点过于紧张了。现在的困境，就像先前帮她看报告的医生所言，有很大一部分源于心理。那位中年医生，留着帅气的络腮胡，不晓得是今日心情颇佳，还是想把键盘旁边的星巴克多喝掉几口，耐着性子疏导她的疑虑，还想到用其他病患的情况来稀释她的痛苦。医生口中最夸张的一位患者，对于自己每日的排便都有一种科研追踪的精神，试图从大便的形状、颜色自以为是地分析出相应的结论，探究的过程，几乎要把脑袋都伸到马桶里去了。

“放轻松，不妨先去喝一杯咖啡。”

她回味着医生的这句建议，喝了一口拿铁。久违了的风味。喝完之后，她欣喜地发现，自己的身体并没有异样，除了一些满足感。三明治相当可口，牛肉很新鲜，芝士酱非常浓郁。窗外的风景暂时恢复了祥和，那宁静让人陶醉。她想，要是致晖在身边就好了。

中场休息

没有升职，不加工资，当这样的人事调派以喜讯的调子、悄悄话的尺度向我宣布，巨大的彷徨将我推向对一个人的思念。

“护照啊……”我的犹豫开始倾斜。

“如果没有就赶紧去办，还有，签证的事情，要等美国总部开证明，这个不急，反正你先保密哦，先不要跟其他同事说。”

我哪敢说啊，就连困扰多年的恐飞症都被失语淹没。出了领导的办公室，我的思绪先于待定的越洋飞行，急速升空、翱翔，最后，它优雅地降落在几位流亡作家的身旁。其中一位，晚年常以希区柯克的替身演员自嘲，上世纪几乎整个六零年代，每每诺奖临近，他的名字就如同近些年的村上先生，沐浴着香槟酒的甜腻气泡。我能读到的那一天，是换汤不换药的十月上旬，老作家接到了来自瑞典的问候。“这里是斯德哥尔摩……这里是斯德哥尔摩。”接着，电话非常希区柯克地断了。可想而知，从铃声再次响起到话筒提起的这段间隔是多么的短暂，而等待提起的过程又是多么漫长……

电话又通了：一个为论文发愁的女士请求帮助。

难以想象，这位女士会得到什么好脸色。她当然看不到，但是能从语气中大致有一些感受，而我却无从判断。摘录这则轶闻的传记在此戛然而止。我还有一个疑问，女士是怎么搞到电话号码的？难道只是因为她所研究的对象是一位世界级的大文豪？

这简直是另一个层面的斯德哥尔摩综合征。在通往不朽的奖项面前，忠于内心的作者一律成为人质，并且坚信，脱逃是不可能的。

多少年啦，我又沉溺于对杜菲的眺望。我想起她，连带想起她的脸，想要再见一面，把线条勾画清晰。她去美国之后，有一阶段，我时常在梦里见到她。梦醒过后，我试着闭上眼睛，用意念修复她的面容。可无论我如何努力，终究还是一片模糊。这对我当然是一次巨大的打击，如同童年的某个刹那，突然领悟到死亡的必然及其残忍。我当时虚岁二十三，再过几天，就要套上肃穆黑的学士服，以毛主席雕像为背景，用一个对准镜头的微笑告别我的同学以及本科生涯。在本校，这是所有拿到学位的毕业生的福利。最后的必修课。无一例外。

我讨厌拍照，自小就讨厌。可是，站在伟大领袖的脚下，我懊悔极了，悔于没有一张杜菲的照片。学校请的摄影师当时一定捕捉到了我内心的浪花对于脸部神经的冲刷，以至于，现在回溯那个情景，缺少有力而直接的证明。我想，那张毕业照多半被我搞丢了——故意地。

我不敢瞎打听。关于杜菲去美国干吗，我比任何人与闻的更多，但是对于她是否归国，何时归国，完全没有方向。我曾经伪装成一个借了书忘还的读者去敲英语系办公室的门。杜菲的几位前同事用一大堆疑问句招待我。

“什么小说啊？”

“是她写的那本小说吗？”

“是这本吗？”

在各种音调的欢笑中，有人从书桌的底层抽屉翻出一本黑封皮的书。“不用还了，”他说，“如果你不想要的话，可以扔了。”然后，那人做了一个表率，把书扔进了邻近的废纸篓。

那一刻，我居然释怀了，衷心祝福杜菲在美国一切顺利，写出她满意的作品。她似乎让我失望了。如今，她的气息，以及杜菲这个笔名已经无迹可寻。我每月去一次图书馆，把国内所有文学期刊的目录过一遍。我无法想象一个放弃写作的杜菲。我宁可相信她只是换了笔名，如同西林到纳博科夫的转变。我定期在网上检索她的真名 Xiaobing Xu，热切关注美国的华裔作家群体，对他们挣扎着拖举出汹涌海面的作品抛去梗概性的一瞥——师生恋、复兴岛、绝望的小说家、地下摇滚乐，我害怕这些标签与上海叙事的粘连，轻撕过后，看见我那上半身干枯下半身潮湿的大学岁月站在某种装饰性的剪影里。

军工路，在我毕业的时候，中环立交桥尚未架设。高架通车，完全改变了校区周围的文脉，以至于我只能躲在记忆里评论它糟糕的过去。有一点我记得很清楚，我们的辅导员，那个满脸青春痘的老实人（他和本系某女生的恋情临到毕业才公开），几乎是从我们回总校区的第一天起，就一直在我们的耳边吹风，过马路要注意安全。年年都有新出生的车下亡魂，它们在校园以及四周弥漫。空气中还包含了如同硫化物的异味，仿佛是对化学实验失败的悠久纪念，所幸它是区域性的，斑秃似的。可即便如此，我仍要赞美军工路，比起大一，那三年的心情充溢着知青返城式的感激。

后来在宁波，我和杜菲就此讨论过。我说在遇到你之前，南汇于我真是糟透了。她反问我为何要考这所学校。我说自己根本没想过会落下来，想过复读，但是读书的劲头没了，满脑子都是摇滚乐。“大一去南汇我是知道的，我以为是去南汇大学城，天晓得是这样一个破地方。”当年，上海最易考取的一批高校都在南汇新设了校区。在这份花哨、新颖的名单上，我校颇有一些贵族蒙尘、文官贬黜的悲凉，刻意选择了田园牧歌和离群索居。这纯粹只是我的私人读解，当时的心情写照。

“那你干吗来这里任教呢?”我反问杜菲。

“我也想去好学校啊，问题是人家不要我，而且我和你一样，有点心不在焉，我当时就想着写小说。”

我接着埋怨南汇，犹如那是对杜菲的溢美。我说你去南汇可以坐校车，而我呢，从市区花三个多小时换四辆公交车，去到那么荒芜的公路。一望无际的农田，画面是灰蓝色的。天边时常挂着半凝固的烟雾，像一幅阴郁的油画。

“你们入校那天刚好是‘九一一’吧。”杜菲说。

“是呀，一路上都在聊这个，打扫寝室了还在聊。”

深夜，同室的八人全躲进蚊帐，摇着扇子，话题变为班上的女生。这种只占全班人口五分之一的少数民族，有两位已被逐出女性的国度，只有一位赢得了过半票数。这位长相清秀的班花我只是后来在上英语课的前后，有幸和她聊上几句，对她突兀的鹰钩鼻有了较深的体会。入学的英语考试把学生分为快慢两个层次。我分在快班，同寝室入选的还有一位吴姓同学。他似乎是班花的首任男友。起初，临近英语课，我们三个人习惯粘成一个小联盟。每周五的下午，两节英语课之后即是漫长的归途。我是怀了憧憬去上课的，最初是对家的渴望，其后都是为了见杜菲。

我还记得第一次见杜菲的场景。一件浅豆绿的长袖针织开衫，露出纯白的背心；一头乌发，发髻藏在粉色的绢花发夹之下；白色直筒裤的尽头是一双红蓝条纹的高帮帆布鞋。这些貌似无用的细节渲染是三年后杜菲教我的。她说你读《安娜·卡列宁》的第一部，安娜坐火车回彼得堡的路上，她的道德已经失衡了，就像一块新开裂的白玉，所以很容易被带有瑕疵的事物所吸引——女仆的手套有破口，列车员的外套少了一枚纽扣。不伦之恋渐渐改变了安娜的视线。卡列宁去火车站接她，她惊讶丈夫的耳朵怎么变成这幅样子。一起生活了那么多年，丈夫的大耳朵只是到了今天，突然被她的眼神染上了批判的红光。

“不是安娜·卡列宁娜吗?”

“没有‘娜’，译者搞错了。”杜菲给我讲解俄语中指称女士的习惯，说姓氏的结尾若是辅音要加一个“a”，至于译成“卡列宁娜”为何不对，如今我已经忘了，只记得当时跟她就丈夫姓氏女性化发生了一些争执。我说我懂了，就是如果你嫁给我，你应该姓“杨徐”，但是这并不意味着我应该被别人称为“杨徐先生”，而你在社交场合应该叫杨夫人。

“给我滚出去。”她嗔怒道，削苹果的手势也停了下来。

我向她讨饶，言归正传。我说：“外套少个纽扣，手套有破口，就这些就说一位贵夫人道德失衡了，这很牵强啊。”我得意于这些经过设计的字句。不能一味反对，如此伤她的心，也不能盲目谄媚，这样她就没了继续阐述的动力与契机。聊起小说的艺术，任何场合的杜菲，远比英语课上的徐老师更有激情。正是连蹦带跳从她嘴里逃出来的那些汉字填补了我们之间的道德鸿沟，在一个拒绝聆听的世界，作为一种道德的聆听，使我想起发生在安娜身上的转变，突然泛起的红光，想起行星与卫星的缱绻，这个星系与另一个星系被一道光束以极限缓慢的语调无礼表白，而这，正是我想对杜菲做的。

“杜菲，如果哪天我要描述最初见你的感受，我可不可以把你的脸还有你的胸省略掉。”

这些话，我直到大三才敢说出口。杜菲就坐在我的身旁，呆呆地问我原因。

“你的胸部太迷人了，完全无法直视啊，你的脸我也不敢多看，那种感觉该怎么形容呢？就像三加一的高考，语文数学英语都考过了一百三十分，偏偏选的那个专业方向只考了一百分，实在实在是太令人痛惜了。”

这样说会是什么结果，我的皮肉早有了准备。现在的我，偶尔还会在曼妙的女性面前编织一些富于褶皱的俏皮话。我的一位朋友，我生命中的另一名小说家，时常劝导我，他说文学不需要那么多的褶皱，褶皱只被两个地方无限欢迎，一是男人的大脑，二是女人的阴道。他说得铿锵带韵，我无力反驳，无意悔改。

随着时间的流逝，我越来越善于看清自己。我终究只是一个颇具鉴赏力的读者。文学于我，正如那个与其说是消失在美国，不如说是漂浮在未知星系的女人，我曾经和她走得很近，我以为我即将登堂入室。

我们结缘得太迟了。

整个大一被我荒废在台下，默默凝视，凝思。好些灵动活泼的男生，结束了一周的忙碌学业，涌上讲台，用各种诡异的语法、迷离的口音磨炼杜菲的英语听力，仿佛我们是外文系的，而她则是冷冰冰地答疑解惑，言词精简，像坐了一整天义诊的退休医生，疲倦得不肯露出牙齿。她不是那种出现在颁奖词或表彰会上的老师。但是，偶尔微笑也会赖在她的脸上，指挥她说几个笑话，很多与学科无关的内容，甚至以一部原版电影的放映替代九十分钟的授课。如此大起大落的原因，两年之后我才真正搞明白。

终于回总校区了。在撤离南汇的前天傍晚，多数同学包黑车去惠南镇吃了一顿自助餐。有一位喝多了，哭着缅怀逝去的大一，仿佛毕业散伙饭提前了。看着他在旁人的搀扶下，又吐又呕，满嘴呓语，我不禁想起喜欢围着杜菲的那群男生。我确信自己在昨天的英语四级考试中有不错的发挥，事实上，我考了优秀，但这并不妨碍下一学年的英语课换老师。另一位青年女讲师。如今，我对这位冰仙子的印象只剩下清瘦的外形，以及那个四月二日的上午，她肃穆的神情、凝重的英语。她花了十多分钟讲述她和 Leslie 的故事，站在讲台中央，那个哀悼的身影突兀而迷人。我当时并不清楚 Leslie

是谁，为何自杀，我只是当天回家打开电脑才明白香港发生了什么。当时上海的“非典”疫情还没蔓延到学校管控走读。名义上，我是住校生，但属于我的床铺却另有它用。那天夜里，我卷着铺盖背了大包小包一些健身器材回军工路。半小时前，班长在电话里宣读了学校的最新指令。对室友们来说，这是悲喜交加的启示，他们的游戏机、电视机因为课时减半即将大有所为，眼下却得另寻他处安置。

纯粹只是太过郁悒，待到戒严松懈，我就想到去复兴岛上喘口气。我上到宿舍背后的那座桥，市区通往那个封闭小岛的秘密捷径。我满脑子都是远离的念头。我的终点会落在岛上的公园，月牙形的中心。这个隐秘的岛屿还呼吸着上世纪八十年代的空气。作为主干道的共青路，两边分布着一栋栋破败的厂房。香樟树整齐而蓊郁地排列，直到陆地的尽头。我的步子很慢，眼神涣散。墙上斑驳脱落的红字依稀可辨：

“内江消防有志人

献身红门书忠诚”

还有一位女游客。她背对着我，似乎也在驻足欣赏。

“徐老师！”我大声叫唤。

今天，重返那个相逢的下午仍旧让我兴奋，套用美国佬的修辞——on fire。这里面交织着许多回味无穷的巧合。杜菲日后要去的那座城市在十九世纪末因为一场大火，烧毁了八平方公里的市区。大火持续了几天几夜。美国历史上最著名的一场火灾。这段历史，最初是一张摇滚唱片的内页告诉我的。那张唱片就叫 *on fire*。火以外，我还可以举出一处与水有关的巧合：我的四级考了九十六分，六级考了六十九分，都是一次过关。杜菲说过，巧合是小说叙事的花样，所谓叙事就是将人物的一生循着某些花样逐一梳理。

我生命中的第一个花样是知青子女，梳理之前，我想先谈谈文学。

"徐老师，你好像很喜欢看文学杂志哦。"

杜菲被我不经意的一问给震住了，支支吾吾，含蓄地讨要依据。

"南汇的时候我在阅览室看到过你。你一进来，就从架子上拿了两本杂志，但是没看几分钟就放回去了，你在阅览室里坐了大概半节课的时间，看了七本杂志，我当时就很纳闷啊，是什么杂志那么吸引你，但是又特别不耐看。"

"你经常去阅览室吗？"她较真地打量起我。

"大一的时候经常去，太无聊了，没地方去只好跑图书馆。"

"你喜欢看书？"

"一般吧，我基本上都在看杂志，实在太无聊了，就把音乐杂志电影杂志健身杂志全部看一遍。"

"是呀，"她应道，"是挺无聊的。"

我笑了，自动过滤掉她话里的讽刺性，视她为知音。我当时一定表现得非常浮夸，说了许多关于摇滚乐的内容。我曾经是个内向的孩子。过往的羞怯和沉默证明我有点自卑。欧美音乐改变了我，爱看《音像世界》杂志，沉迷打口碟。莫名其妙的优越感教会了我冷嘲热讽。我渴望与外界沟通，同时又觉得身边的同学不堪交流。

“毕业后你打算干吗？”杜菲问我，“摇滚乐？”

“不可能，我还是安心当一个听众吧，努力工作，赚钱买唱片，我可以写写乐评。”我当时确实已经这样干了，在本地的摇滚论坛贴点推荐遗珠之作的短文。“老师，你借我几本小说看看吧，我也借你几张唱片，我敢说这些音乐你都没听过，都是非常好的音乐。除了这个渠道，你在国内肯定听不到——打口碟你知道吗？就是外国唱片公司销毁的库存，走洋垃圾的渠道过来的。”

她不太情愿地给我开了一个书名，建议我去图书馆，但是，并没有完全杯葛我。待到我们在岛上的公园一前一后再次相聚，我提了一整包的英伦乐队。我特别留心她翻阅时的神色，指尖与塑料盒的轻触。我迫切地需要她的电话号码，忍住没问，不是担心上周的悲剧再现，而是不想让她误会，以为我那么小气，担心有借无还。

我木讷地盯着她看。

“那么，还是这个时间，下周见。”她笑着与我道别。无论我有多少随行的理由，一概否决。“要不然你先回去，我再逛一圈。”她这样谨慎，其实大可不必。当年的复兴岛宛若一座空城。工厂普遍没有环保生产的改造可能，长期亏损，几近停产。置身于空山幽谷一般的公园，我一度怀疑它的存在意义就是绿肺，而不像本市的其他园林，承担了许多社会职能和审美情趣。它美得世人罕知。我后来拿好些同学做实验，对于学校身后的孤岛，他们所表现出的错愕与茫然，我只是后来才明白，公园里那处禁止参观的洋房别墅是某人败退台湾之前的最后一站。

我以为自己参透了。

我们都是知青子女。童年都在外地度过。我是十岁那年插班回来的，她是十七岁考回来的。这个发现让杜菲对我多了一些好感和信任。她开始把我当弟弟看待。一个大我七岁的姐姐。实际上是九岁。她早读书，还跳了一级。我始终觉得，人的社会年龄取决于离校踏上工作岗位的那一年，相邻几届的命运可能差很远。譬如杜菲的父亲去了中苏边境；我的父母去了埋有新石器时代早期文化遗址的小县城。他的父亲永远地成了一个农民；我的父母历经农业、餐饮业、机电五金业，最近几年，两人戮力同心，在张园的老弄堂里摆卖小馄饨。

我一直怀疑杜菲是混血儿，身上有四分之一或者八分之一的东斯拉夫人基因。关于家世，她极少回应，只知道她在上海是孤独的。刚回沪的时候，她的爷爷奶奶还健在，有长辈做主，她和小姑、大姑的客套还挂在脸上。她目前单身，我心想自己清楚这点也就足够了，不应该穷打听。我们在岛上主要是交流文学和音乐。她推荐的那本《喧哗与骚动》，我几乎是捏着鼻子啃读了，对它独特的风格与结构产生了极大共鸣。后来她说，推荐这本书只是因为我对她构成了相当的困扰。她坚信福克纳的文笔如同一把大扫帚，足以还她一个清净的世界。

“我很喜欢这本书。”

我们各自倚靠在绿草环绕的树根底下。那是一棵粗壮的古树，虬枝茂叶遮蔽了大半视线，蒙了一层气雾的阳光碎成东鳞西爪的亮斑，微风轻拂，如同在看万花筒。

“你真的喜欢吗？”她的目光只属于大自然。

“喜欢啊。”我对着那张侧脸吹嘘这本小说的叙事特色。我说摇滚乐有些概念专辑也有类似的情况，主要是在上世纪六七十年代，用若干首歌来构建一个主题世界。

她静静听着，若有所思。

我和她提起Pink Floyd的专辑*Wish You Were Here*，简直就是一部长篇小说，专辑紧密地围绕某个主题展开。“这张唱片我今天正好也带来了。”我看着她，把那个小背包又递了过去。这次她似乎肯收了，起码，她接过之后有在翻看。那些花花绿绿的封面隔着透明的、运动中的塑料外壳，一经阳光照射，异常眩目。

往后的两个多月，她离岛时的背影让我无法直视又不忍错失。

起初，我在公园里瞎逛，比她晚十分钟登上那座通往校园的引桥。这样的别离太过委屈。江上的汽笛声忽隐忽现。我想起岛上的轮渡站。对岸的状况一无所知。后来，我执拗地背起书包，对她说：

“一起回去吧，你过你的桥，我坐我的船。”

“你要乘轮渡？”得到了肯定答复，她又问：“轮渡是去浦东的呀，你不是住在浦西吗？”

“浦东也有公交车去浦西的呀，再说了，复兴岛虽然离浦西比较近，但它也不是浦西呀。”

“那好吧。”她懒得再开口。我们的确又多走了一段。分别之际，我可以背对着她，尽管我总是克制不住地一再回头，带了审美的憧憬。

我的音乐口味在这时期经历了几次地震。英国摇滚的华丽、雅痞、摩登，曾经打动我的那些特质，或已开裂，或已坍塌。我转而喜欢那些节奏缓慢、歌词黯淡、编曲简单的美国独立乐队。在这类曲目中，主唱的萎靡，声场的留白，非常适宜趴在渡船扶栏上的我托腮凝望。江水是青灰色的。我在旋移的波纹里寻找一种映照：一个面露愁色、戴口罩的雄性青年。他和我背后的那些乘客形成鲜明的对比。后者虽然也戴口罩，但是胯下都有一辆交通工具，有的甚至手里还抓着第二辆的龙头。

“六级考得怎么样？”在大二的尾声，她坐在树根旁问我，大腿呈 V 字形。

“不太好，”我思忖道，“反正，优秀肯定是指望不上了。”

她并不欣赏我这种五毛钱的幽默。她说，在我说出“不太好”这三个字时，尤其是在我努嘴停顿的那个刹那，她的内心像是被什么利器刺中了。出于报复，她随即宣布了她的探亲计划。她要回东北避暑。她允诺我，待到新学期，这两本书可以回岛上再还。接着，她把一直挂在手腕上的那个绿袋子交给我。那屈臣氏的购物袋，远比内含的未知书籍吸引我，正面印有三个图形：一颗爱心、一口热吻、一张笑脸。

我从未如此厌恶过暑假。

那个夏天，我像中了魔似的跑图书馆。对于我为家里省空调费的这种行为，母亲给予了高度评价，同时痛心于我看的尽是小说。在她眼里，小说是无聊的消遣，可即便如此，阅读仍是高尚的，比在外面疯，把家里变成CD仓库要强。长久以来，我淘碟确实过于凶残，几乎把周末全搭进去了。凭着这股劲头，我在圈内薄有虚名。我有点虚荣，家里也实在堆不下了，于是，淘完之后必要去一个叫现代变奏的论坛发收获帖、交易帖，不少所谓的摇滚明星就是这样认识的。

记得是某个周六的下午。我背着沉甸甸的书包，搭乘二十三路去赴约。这种上点规模的唱片交易时称“群交”，约定俗成地发生在市工人文化宫的一楼大堂。临近人民大道，雨势渐起，我虽然打着伞，走到市宫门口，身上仍然湿了一大片。我还没来得及清理从外面带进来的水滴，他们就涌上来了。这一张张迫切的脸，无一不是男性，如今混在人潮之中，我只需一眼就能甄别，是谁，在论坛里叫什么，偏好哪种乐风。我们现在偶尔还会见面，在一些重量级演出的现场。他们都不玩音乐了，也不怎么买唱片了。我向他们打招呼的当口，心想好些人过往都是朋友，过从甚密，现在却无话可说。

陈熙最先离开。我卖给他两张 The Durutti Column 的专辑，指着其中一张说："有两只歌是刘索拉唱的。"

"有数啦，"说着，他把嘴凑到我的耳边，"如果你还有啥 4AD 的要出，先不要挂到社区，先给我看。"他拍拍我的肩膀算是谈妥了，转身跟大家道别："先跑了哦，下半天还有排练。"

或许因为阿榕也在，或许是雨太大，林炀交易完了，没有马上离开。我卖给他两张 4AD 公司创设之初的杰作。这是我第一次见到他本人。他在圈内颇有名望，主要归结于乖僻的性格。风传这是一个无法沟通的怪物。他曾经是后朋克乐队"仇恨万岁"的主唱。我听陈熙说过一些他的故事：他出道很早，一九九四年即加入了一支大学生乐队，长发飘飘的重金属鼓手。"仇恨万岁"解散于本世纪初，一支我既没听过也没看过的传奇。出于礼貌，我问了一些相关的问题，包括他目前的创作动态，他答得很认真，可以说是深思熟虑，然后不断地念三字经——讲不准、不一定、不一样。

比起回答，他更爱提问。他问我喜欢哪些音乐，还问有无 Bark Psychosis 的唱片出手，随便哪张。

“你叫阿榕带呀，”我给他指了指人群里的那位，“他在香港啥物事订不到啊！”

“买行货啊，行货太贵了。”

“那没办法，这个乐队我在水货里从来就没看见过，我只有一张刻录盘。”

“方便的话帮我也刻一张，”他说，随后又陷入了沉思，“那么就这样，有机会到你屋里去看看。”

我不知道该怎么回答。他学陈熙的样，把我的肩膀当打卡机，但是并不向别人告辞。那把伞经他撑起，逐渐消失在倾斜的雨幕中。

大伙还围着阿榕，听他讲香港的各种唱片行。他就职于香港的一家外资律所，还兼了一份代购的义工。雨停了又下。摇滚乐数十年的历史犹如一盘瓜子，被我们嗑得劈啪作响。前一秒，我们还在谈论 Robert Fripp，他在八零年代的吉他实验从峇里岛的甘美兰里汲取了灵感，后一秒就又回到了六零年代，回到美国，John Fahey 的明珠蒙尘让我们扼腕。

我不敢乱插嘴。在这个十余人的群体，我是最嫩的。坦白说，我缺乏相关的阅历和能力，这些素质不是听几万张专辑就能修成的。很多事情我没经历过。当他们说起八十年代末的上海电台，给节目寄海外版的磁带，选播之后还能收到一笔稿费，或者，在大学的校内广播推送 Led Zeppelin 的时候，我就只能当一个演技派听众了。我的脑袋嗡的一声响，想起在那个时段，自己还在江西呢，不由得颇为遗憾。这感觉我相当熟悉，不知道杜菲是否有共鸣。可惜她历来避谈身世。她在东北的生活，日后我是借助她的小说才有了大致的轮廓。我拿小说中的部分细节向她求证。她摇摇头，笑道："小说是虚构的，太较真就没意思了。"

时间是零三年的九月，我会在月底发现杜菲的一大秘密。

我已经是个大三学生了，开始接触专业课——机械设计基础、工程热力学、流体力学。教流体力学的德国人马库斯，最初来上海是因为生意，替某德国品牌的传感设备开发亚太市场。他是本院院长旅德时结交的好友，五十岁，离异，温文尔雅，长得有点像本雅明。他只教我们这一小撮学生，就带一个学期，回国之际，生意已入正轨，还把系里最漂亮的女助教给卷走了。我还记得那个上午，他向全体同学道贺，恭喜中国成为第三个掌握载人航天技术的国家。轮到该我们回礼了，他带着一贯的冷峻表情，用他那富于颤音的英语补充道："你们不是一直对我说嘛，说丁老师是个好姑娘。我采纳了你们的建议。"

天啊，我现在只是因为想起马库斯的英语，才愈加觉得自己愚蠢。流体力学分英语版和中文版两种，我既然自不量力地选了前者，为何还要选修“英语中级口译”，花式自虐呢？

我知道答案，非常纯洁的答案，只是杜菲不信。

“看到名单上有我的名字，你高兴吗？”

“今天来我就想要告诉你，复兴岛我以后不会再来了。”

“为什么啊？”我逼问杜菲，就像前锋越位还要完成射门动作，没想被裁判直接出示红牌罚下，追着讨要说法。我跟她解释，自己根本就不知道这门课是谁教的，而且自己在课上表现得非常规矩。“这能怪我吗？”我的双手无辜地摊开，“你明明说过的，你说下学期还是只上低年级的课。”

“这是我的私事，与你无关。”

我怀疑她的芳心已有旁落，多问的那一句，招来恶狠狠的瞪视。她如同受了羞辱，半晌，回击道：“你没有资格这样问我。”转身就走了。我都来不及把书还给她。我直呼她的名字，或许是因为太过悲痛，双腿沉得无法动弹。我叫得越凄厉，她远去的背影越是坚决。白费了，我寻思着，暑假看的那些书算是白费了，考试取消了，潜在的奖赏统统成了泡影。

这一变故的影响远远超出了我的预计。

为了证实她对我的承诺是错了，经不起时间的考验，有太阳的时候，但凡有大块闲暇，我就会去复兴岛，卧躺在属于我们的那棵树下，看一页书，抬头环顾，仿佛在清幽的夜幕下独自等待夜宵车进站，生怕错过了，又要陷入漫长的等待，而这等待又实在太漫长，不看书，简直支撑不下去。我时常被小说中的从句套从句，或者教材中的公式换公式搞得睡意惺忪，太困了，就眯一小会儿。九月中旬，周围的银杏叶子还是绿的，漂亮的扇形，像是两颗心拼在一起，中间有一个V字形的缺口，要到十月，叶的边缘才会泛黄，慢慢地，那缺口会自然消失，叶片染上迷人的金黄色，于是，它开始考虑坠落的问题。

我的思绪是芜杂而散乱的，只有当她出现在讲台之上，它和视线才能相对集中。我的目光，因为长时间的质问，它和课本、黑板、同学的友谊走到了尽头。就这样顽固不化，好几次，把她看得舌根发紧。

“杨致晖，把这个句子翻译一下。”她见我懒散地站起来，使劲摁下录音机的播放键。比起英译中，我更喜欢中译英，用一种自以为是的曼彻斯特口音被大家讨厌。

“你这种英格兰土话到口试的时候是很吃亏的，建议你改一改。”

我后来真改了，当我可以与这间教室和平共处的时候。

下课铃一响，讲台上照旧会孵化很多好学的男生。我前脚离开教室，手机就在裤兜里震颤起来。陈熙找我。他让我归还“饥饿艺术家”今年发的新专辑，四个月前，他送了我两张。他说自己刚从派出所出来，具体情况见面再谈。他向我致歉，东西送出去那么久了，还要讨回来，太不像话了。我说这事情难办的，因为有一张送人了，眼下这位朋友简直与我水火不容。这答案让电话那头发出了比我更绝望的叹息。他说他答应了警察，要回收满一定的数量，上缴销毁。他开始后悔这张专辑的正规印制。如果还像以前那样，彩色喷墨打印封面，刻录盘，他就没必要一家一家追债了。我很愿意帮他，帮他就是帮我。我只是欠缺一个能让头皮变硬的理由。我说你快告诉我吧，到底出什么事了！

多年以后，我在 Slowdive 的演出现场偶遇国定路唱片店的老板，那时，粗口摇滚乐队“饥饿艺术家”已经解散。作为案件的另一当事人，他说《上流社会的审慎魅力》的初版只卖出了二十余张，有两张还是涉案的中学生买的。案发之后，陈熙把剩余寄售的都带走了，加上外地一些没追回来的，存世的应该不超过五十张。老板抽着烟，笑吟吟地凑上来说：“我留了一张，现在豆瓣上已经有人出到三千块了。”接着他回溯了案发的情形，和我当年在电话里听陈熙讲的差不多。两个中学生路过店里，被正在播放的“饥饿艺术家”吸引住了，买回家听，还到学校里传播，老师通报家长，家长通报 110，然后，在某个阴郁的下午，唱片店里围了好些警察。当年，杜菲听我说完，只当这些故事是我使的又一个诡计。我等到讲台撤空，才怯生生地追在她后面，概述了起来。她让我留在二楼，自己一溜小跑上到四楼办公室。碟还给我了，她也走了，之后的心情，我已经记不清了。那一段的灰色真空被回家路上的偶然发现捅破了。

我在车站对面的好德超市买了一瓶可乐，用找零的硬币换走了柜面上的最后一份《上海星期三》。这份周报会在几年后停刊。我当时用心阅读的那个版面，上面半版是一则整容广告，另外半版采访了一位女作家。文中提到，她新近出了一本长篇小说，长假期间会在宁波办一场读者见面会。我的魂魄被报上的那幅肖像整个带走了。那个周末，十月二日开往宁波的早班火车只剩下站票，我买了一张，还编了一个华丽的理由，向父母解释旅行的意义。

我们不再是师生关系了。我所迷恋的只是写小说的杜菲，而不是教英语的徐老师。阅读改变了我们之间暧昧的关联。我站在两节车厢的连接处，只有在那里，杜菲的新书才有足够的空间像翅膀一样完整展开，停在我的左手虎口，被另一只手轻轻翻卷。整个上海似乎只有一家书店在卖这本书，为了找到它，我耗费了太多时间。仿佛一个备考的学渣，我浏览时的焦躁与书中的诗情并不契合。她的小说缺乏叙事，我读得很累，时不时地，还要避让穿行的旅客。这列开往南方的快车，我枯站的六个小时只是它完整行程的一截片段。轮到该我下车了，自然会有新鲜血液占据我的位置，或者一大包行李，陪它继续走下去。

“你以前来过宁波吗?”杜菲问我。

“没来过。”

“那你有什么打算？”

“我妈说，这里是她的故乡。”

读者见面会结束之后，待到人群散去，我们才有了上述这段对话。主持人宣布签售环节开始之前，我一直躲在书店的另一片区域。这是她一生中难得的荣耀，不该被破坏。事后证明，这样值得回味的瞬间在她的中文写作生涯纯属孤例。

“杜菲，帮我写几句题语吧。”从那之后，我私底下就没叫过她别的名字。她发现我时的那几组表情满足了我的虚荣心与恶趣味。随后，原有的签名节奏恢复了。她在那本书的扉页写道：“我拿你一点办法都没有。”

我不想假扮成自己当时受了诱拐，但是，的确是她向我发出的邀请。她也是第一次来宁波。她还不知道当地的出版社帮忙订了什么样的房间。她有那家招待所的地址，海曙区县前街。前台给了她一枚带门牌的钥匙，通往一间狭长的标房。我似乎从一进门起就没打算离开靠窗的床沿。我和我的双肩包都坐在上面，一再拒绝另开房间的提议。我反复强调这里明明有两张床，浪费是可耻的。

“你这孩子，怎么满脑子歪理啊！”

她气得放下新烧开的水壶，过来抓我的手腕，使劲往外拽。我顺势搂住她的腰，把脑袋深埋在山丘之间。我的眉骨、颧骨，我脸上突起的每一寸皮肤，此刻，都在竭尽全力感受她的心跳与温度。我并不认为自己猥琐。仅仅是熨贴，不带任何附加动作，如果有，那也只是因为呼吸和说话的条件反射。

“听话，听姐姐的话。”

她的手指像在我的头发里缝补什么，时而绷紧，时而轻柔。我并不清楚她想给我换什么发型。我从来没问过她，当时为何不坚持下去。如果她选择坚持，我会识相地离开。能够成为她的邻居，我已经知足了。我当时顽劣地不服管教，只是担心一松手，她就会像魔术师那样，借助一个机巧，从我的眼皮子底下逃脱，甚至永远消失。

我想，她的应许虽然牵强，却一定蕴涵着情意。当我仰头的时候，我在她澄澈的目光里寻找证据。

她说：“你是个坏孩子。”

第一晚是平静的。我们参观了天一广场的天主堂。回招待所之后，她削了一个苹果一个梨，我们坐在床沿分食，没头没尾地观看央视六套放的一部老电影，其间，各自洗澡睡觉。

隔天气温出奇地高。秋老虎仿佛预知自己时日无多，把剩余的怒火都撒在我们身上。户外的每一步都在太阳严密的监视之下。她脱去外套，当着我的面脱，让我很难掩饰自己的欲望。我不太理解为何要去天一阁。她说作为读书人，来宁波就绕不开它。六十元的门票让我差点拒绝当读书人，但我无法拒绝杜菲伸向我的手。全天最热的时段，她牵着我来到老外滩，去参观江北天主教堂，而我更愿意躲在阴凉处喝水，看那些华服束身的青年人拍婚纱照。没文化的我，还是更喜欢东钱湖。它离市区的距离足以让我坐在巴士上悠然自得，而此时，杜菲挂在我的肩上已经睡着了。到湖区将近五点，司机把我们放在安石路。沿着湖岸漫步，弯至陶公路，我们登上国戚寺对面的一处凉亭，俯瞰湖光山色。天暗了一小半。落日余晖以湖为对称，它的上方和下方还是相间的蓝与白。湖水平静得一如镜子，能清晰地看到形似泼墨的卷积云。

我翻出包里的那本杜菲小说，黑色封皮的，翻到自己最喜欢的章节，对着暮色下的湖面大声朗读，仿佛它的宁静会因此而终结。我读的时候，预估会被叫停，她或许会流露出几分羞涩，那是我未曾见过的她。但她没有选择阻止。她几乎是悄无声息地听我读了一整节，连呼吸都仿佛套上了隐身衣。如果不是口干舌燥，我会一直读下去。我扭头看她的时候，心里还在犹豫，如果我一直不停，她会陪我读到地老天荒吗？

“你应该选文科的。”她那张脸，干净得没有纹路。

“我文科成绩很烂啊。也就英语还可以。”我几乎是下意识地喝干了最后的饮料。

“但是你有悟性，很奇妙，”她感叹道，“你应该选文科的。”

“可我不喜欢文科啊。我只是喜欢摇滚乐罢了。”她的沉默鼓励我说下去："认识你之前，我根本不知道原来文学这样美，也许她只是因为你而美，但她确实很美。"

"你很危险，你知道吗？"她看着我手中的空瓶子，说，"我渴了，包里还有水吗？"

这郊野湖区，根本就望不到任何补给。迎面一辆公交车，蜿蜒驶向我们走过的地方。我想起先前有一户人家露天吃晚饭。

"等我啊，别乱走啊。"我一边跑，一边猛回头叮嘱道。后来是一位大嫂帮我把空瓶子灌满了，执意不肯收钱。这一个来回好几分钟，归途尤其湍急。我几乎是以冲刺的速度把水瓶当作交接棒递给了杜菲。她责问我干吗那么疯。

我告诉她那个答案。

"傻瓜。"她评价道。

我喘着粗气，头偏向一侧，与她并肩眺望。被黑色吞没的船夫驾舟而来。他和他的倒影缓慢而有节奏地划破水面，木桨的每次挥舞，似乎旨在击沉另一个自己。

"你说这人世间的景象被湖水看见了之后，怎么就全颠倒了呢？"

"因为它看到了真相。"

"杜菲，你说如果我现在吻你一下，会不会在湖水的眼里，其实是你在吻我呢？"

我转过身来看她，自以为是地在凝视中攫取幸福，如同用放大镜取火，直到我们之间重新发生眼神的交流。当时，她深吸一口气，下巴轻微仰起，双目悄悄合上。

“我可以再吻你吗？”

“你说呢？”

我激动地从床头跳到床尾。现实为她编织了一条宽松的平角裤。它不是我的对手。我尝到了想象的滋味。让她痛苦不堪、左右摇摆的依旧是我的舌头。

“哦，上帝啊。”暗夜中的那个声音求我停下。我顺从了，一半是因为上帝，一半是因为她央求的语气。我已经习惯了被她颐指气使。她的声音突然柔弱成这样，让我不安。我们重新拥抱，像入睡前允诺的那样，鼻尖互相摩擦，一个被她称为 nuzzle 的动作。

“你以前也这样坏吗？”她问我。

“是的，在梦里。”

“我帮你吧。”说完她起身，在床头柜摸到那个蝴蝶结发圈，娴熟地套紧长发。不久，她的面容消隐了，消隐在我的腹部，消隐在蝴蝶结的起伏之中。

那无疑是我此生最快乐的日子。我和杜菲就像两个具有隐身技能的外星人，突兀地降落在这个陌生星球。空前绝后的自由，新奇与刺激，甚至连文学圣殿的诸神，那些在往后的日子里让我爱恨交加的幽灵也一并退散了。小说的出版犹如一次高潮，使她短暂地浸淫在快感的温泉里，全身绷紧，护卫那些敏感地带。那是她的不应期，抗拒作为一种爱抚的文学评论，不再评论自己，更不屑评论别人。

仿佛是一张福利彩票，中过一回头奖，就不该有第二次的奢望。我以为我还会回去，起码回到枝繁叶茂的复兴岛。但是，一切变得那么遥远，明明只是两座城市的距离，却相隔了一个世纪。

我开始专注于学业。下个学期我就要选专业方向了，绩点高的优先。考研注定与我无缘。我迫切地渴望毕业，彻底摆脱该死的师生关系。“我会有一份好工作的，”在回沪的火车上，我向杜菲承诺，“我希望你可以专心写作。”她适时地靠入我怀里。我不敢再说了。再往下就是讨要答案了。我的身上没有答案。

“我不爱你。”往后的一年多时间，她始终是这个态度。最初答得斩钉截铁，后来就不愿再提。倒是我偶尔会哀怨地自讨没趣：“我知道你不爱我。”她愣怔道：“是呀，我不爱你。”

我还沉浸在湖水的倒影里。

在我把她的家当成寝室之前，每逢周末，我们都会去市区约会，有时是在上海图书馆，有时是在以大自鸣钟为首的淘碟据点。我当时去大自鸣钟主要是去面交的。我卖掉了很多CD。我不能一直吃软饭。偶尔，我也想请她吃个哈根达斯的外带，看个摇滚演出。没有任何迹象能够证实我们的关系。我们连去大自鸣钟都是分开行动的。我起码比她早到两个小时，这样，等我把底楼二三十个摊位的洋垃圾大致清扫一遍，再去楼上苏三卖盗版影碟的摊位，她基本上也把想买的文艺片挑好了。遇上熟人，她就成了我的表姐。

我们总共也没看过几场摇滚演出。那时，巡演途经上海的海外团体远不如今日那么声势浩大。本土乐队有一定的号召力，观众少，但是选择更少。扶持上海乐队的主要是新天地的 ARK，周末下午不定期举办专场，南丹东路的哈雷酒吧则是周六晚上的拼盘演出。那些乐手被我分为两类。一类不怎么淘碟，或者根本不淘。他们对未知的音乐缺乏兴趣，满足于某类成熟风格或某几支经典乐队，奉为圭臬。他们是精神气质层面的摇滚，就是下雨天明知应该打伞，但是因为自己是搞摇滚的，所以不应该打。这类人的身上自带防护罩，内含一种气体，在其他文艺领域也很普遍，多年以后，我只是在一个儿童食品的广告中，发现它被精准地捕捉到了。那首广告歌曲是这样唱的：

“只有我最摇滚，摇啊摇，滚啊滚；只有我最摇滚，摇啊摇，滚啊滚……”

当年，我和这类人也有过从，但是交往不深。我更喜欢另一类人，也确实与他们更贴心。他们对于淘碟持开放态度。这种孜孜不倦、永无终点的探索或许并不重要，但是他们的耳朵长期处于冒险、猎奇的状态。这类人更像知识分子，从文艺世界的各个领域汲取养料。林炀可以说是我身边的一个典型。

市宫一别，我和林炀又见过几面。我转给他太多不该出手的尖货，卖的时候还要装作不在乎。现在，我已经没有勇气再说他请我吃饭只是出于答谢。他请我吃过一顿日料，非常丰盛，就在百盛对面的医院外围，现在全都拆了，当时是一排餐馆，还有一个闹哄哄的公交车站。

“除了听音乐你还有啥爱好吗?”他给我夹菜，“吃呀，客气啥啦。”

“我欢喜健身，”我想了想，“还有就是看点小说。”

“健身好，但是我属于吃不胖的一类，光是锻炼，没看见长肉。”

我们交流对健身的看法，很快，话题切入到上海的摇滚乐队。林炀一直在举例子，语带嫌弃。各种奇怪的解散内幕，有一些是他的经历，譬如为了排练、聚餐的花销如何分派起了矛盾；各种糟蹋女性，有些人还没起势，摇滚乐的坏毛病倒沾染全了。我也就是当奇闻听听，有些陈熙也和我说过。

“陈熙还可以，他比较正宗，所以他的乐队做得出来。”

其他人，我就没从他的口中得出什么好话。主要是人品问题，让他退避。他也检讨自己，在音乐上过于独裁，很难与有主见的人合作。他说下个月他要复出了，是一个拼盘演出。我在心底里可怜他，对一个圈子如此轻贱，还要不离不弃。

那个深秋的夜晚，我和杜菲主要是去给陈熙捧场的。“饥饿艺术家”负责压轴。陈熙提前到了，书包前背，以他标志性的猥琐笑容招待我。他管杜菲叫“阿姐”，然后悄悄塞来两张《上流社会的审慎魅力》，叮嘱我藏好。这张专辑差点砸了他的饭碗，初版几乎全给了警察。他新做了一批，供亲友们存念。

林炀当时正往设备上接线。舞台上只有瘦削的身影、呆滞的灯光、漆黑的话筒架以及一台合成器陪他。合成器里预制了一些极简的伴奏，歌与歌之间留半分钟的空白。他抱着一把电箱琴，闷头弹唱，不带一句废话。那是我第一次听到国内有人尝试 Red House Painters 的乐风。毫无疑问，他是在模仿。当时，上得台面的本地乐队都在模仿。“惊弓之鸟”的母版是 Echo & The Bunnymen；“兰亭乐团”的母版是 The Verve；“饥饿艺术家”比较复杂，所以红了。在那个昏暗的舞台上，林炀是另类的。当那些含糊不清的英语单词裹着甜美而忧郁的旋律，缓慢飘过光束与烟雾，台下普遍表现出的冷漠比林炀的作品更让我哀伤。他们信奉力量。我愿意直面自己的厌恶。那个长发主唱把林炀提前赶下舞台时，我只想离开这里，尽管他的举动顺应民意，也符合演出的排序。

音乐的本质是娱乐。新的表演点燃了全场，好些人撑在扶栏上，狂野地甩着头发，另一些则蹦得活像捕食中的蚱蜢。

我和杜菲在外面避风头，后来碰到背了器材正欲离开的林炀。我上前安慰了几句，告诉他，在他的作品里听到了哪些乐队。

“我的表阿姐。”我介绍杜菲。

他确实是个另类。多数男性站在我们面前，都要对着杜菲瞧上半天。他只对含笑的杜菲礼节性地看了一眼，点点头，然后以一个拥抱终结了我的攀话。

我们本该就此回家。事实上，等到“饥饿艺术家”登台，因为表演太过粗俗，杜菲只坚持了没几首歌。陈熙和他的乐队都套着一身白色的浴袍。并不近视的他还特地佩戴了一副金边眼镜，颇像一个上流社会的，刚刚洗完特色桑拿。他当着话筒的面，把浴袍扯成披风，露出裹了红袜子、半勃起的下体，还有阴毛、胸毛。台下一片尖叫。他的第一首歌叫《老法师》。

对我来说，大尺度来得太突兀，有几丝寒冬逆舟的刺骨。那晚，警察又来了。自然是有人打了电话。陈熙在警察下到防空洞之前就提前逃了。衣不蔽体的他，只是在警报解除之后，胡汉三似的，笑着回来加演了几首。我觉得那个时代确实要比当下好，因为没有成熟的社交网络，一个人犯错，不用承担太过昂贵的代价。有人拍了一整套的照片，还传上了论坛，可无论激起再多的水花，终究只是私处的一小块疥癣。我是隔天看了照片才明白自己错过了什么。但我并不后悔。我在陈熙选择用屁眼与我们对峙的时候就仓皇败退了。

我坚持要送杜菲回家。先前我就去过市光二村几次，但只是送到小区门外而已。我太善于利用杜菲的好心情了，屡试不爽。可我无法向父母解释，周末都回家了，为何还要再住回寝室。我在杜菲洗澡的间隙，用手机给家里报平安。杜菲的房子位于市光二村的旮旯深处，还是一楼，信号差得犹如置身地下摇滚酒吧。我谎称自己刚看完演出，离学校近，故而吝啬地出此下策。

杜菲一个人住一套两室户的动迁房。她和奶奶在南市区撤销的那年夏天从外咸瓜街搬到了大杨浦。这条名字怪诞的小路我后来在《海上花列传》里也见到过。等到有一天我路过十六铺，得幸芳容，它早已不是逼仄的、两边挂满海产品的青石台阶。它变得幽雅而文艺，具有某种本该属于孕妇的弧线。我对着那栋高档住宅楼三鞠躬。记忆里的一个仪式，以往推开杜菲的家门，都要去小房间向那幅遗照拜三拜。那个并不慈祥的老人，我一直视她为家属。

有一点我必须承认。正是我和杜菲同居的这段时光，她的写作生涯走进了死角。仿佛是被诅咒了，她的投稿相继败走。没有一份刊物再发表她的作品。确实有那么一家，向她传达了小说通过的喜讯，说会择期刊登，随后就再无音信，每次询问，只是反复强调排队的客观性，队伍很长。还有一家比较干脆：“你可能要等两年，我们这里一大堆名家新作，根本来不及发。你愿意等吗？”杜菲当时倔强地拒绝了。她总是对我说，中国的纯文学作家，他们七零后这代是最苦逼的，前辈们在她这个年龄段早已名满天下，而她还在为最基本的诉求奔走，与此同时，八零后已经开着跑车赶上来了。

于是，她的脾气越来越暴躁。或许，她原本如此，只是以前无缘得见。她习惯在卧室的书桌上写作。我有时想给她削个水果，或者倒杯茶。我问她："吃苹果吗?"不见反应，我又问："还是吃梨?"

"能不能给我闭嘴，"她的背影咆哮道，"我在写作呢。"

我惊呆了。俨然下一秒就会被她赶出家门。如果还想住下去的话，我就必须努力当一个哑巴兼隐形人，还不能发出任何干扰性的声响。良久，她见我一声不吭，对着电脑屏幕轻柔地宽慰道："对不起，我心情不好。"

"没事，你写吧。"说完，我重回客厅，在餐桌上赶作业。

她会回来的。当她写得尽兴，写出了得意的章句，她会笑盈盈地过来邀请我，去卧室欣赏她的最新杰作。她在滑动鼠标的当口，我的双手则忙于撩拨。"你怎么那么下流啊?"她使劲挣脱，怒视道："像你这样的人，以后万一要是出国的话，会不会被当成淫秽物品不予入境啊?"

"我要出国干吗?"

"我想出国啊。"

"那我陪你。"

她把眼镜脱了。她脱眼镜就意味着接受了邀舞。她不光是脱自己的眼镜，还脱我的。而我在亲热时有两个怪癖，一是喜欢把衣柜的镜子推拉出来，二是喜欢戴着眼镜，尽管我的度数不及她深。

“找什么呢?”

“我的眼镜呢?”我四处张望，离开她的身体，最后在床头柜的台灯后面找到了它。

“戴什么眼镜啊。”

“戴了才能把你看清楚啊。”

“看那么清楚干吗?”

“因为我爱你啊，我想把你看得更清楚啊。”

当然，我还有别的理由。待到我们瘫软在床上，无力回天，我会为杜菲朗读一些文学片段。我只读她的小说，主要是她新写的半成品。在朗读的过程中，她可以做一些修改，我也会提点意见。长期的朗读培养了我的语感。关注那些拒绝过杜菲的刊物，给了我一些预感。如果说一本文学刊物的主旨在于把文字变成影像，投射在银幕或屏幕上，那么更应该反省的其实是投稿者——自己笔下的字句是否具有足够的弹性和韧性，还是如诗歌，经不起翻译。

杜菲显然不符合这样的选拔机制。但她固执地认为自己可以。她被退稿的那些短篇小说，有一篇以第一人称复数叙事，直到结尾，叙事者才跳出来，从“我们”到“我”，特殊群体的分崩离析瞬间变得刺眼起来，潜在的哀叹得到了渲染；还有一篇，她写了一群离群索居的畸人，大量的对白，这句谁说的，那句谁说的，一概不明，却不影响小说的理解。她是喜欢在小说里玩这类机巧的，她说，她的写作不会因此而有意义，如果说，她的写作是有意义的，那是因为她在认真地讲一些不乏后劲的故事，讲的过程，还融入了比较新的调味。

一说起这些，杜菲简直没完没了，没日没夜。

那个夜晚，我记得楼里的狂吠让人崩溃。那条狗从晚上十点闹到十一点。一刻不停。杜菲居然不嫌吵。她出来续茶时说："我有点担心狗的主人，狗很忠的，兴许是主人出事了。"她没回卧室，而是靠在客厅的木头沙发上，捂着马克杯取暖。

"致晖，你觉不觉得我是个志大才疏的人？"

"是吗？"

"现在想想，我其实是有点眼高手低的。"

"你都挑中我了，说明手不低啊。"

"别闹，好好说。"

她的表情还有语调是那样恳切。显然我是逃不掉了。就像评论家遇到作家好友出了新书，对方登门相赠，扉页上除了豪华签名，还有赠语："真希望你能多提一点意见。"可我明白，这并不等于一道免死金牌。艺术家的心眼时常就像一根针。我提醒自己，在这样一个怀疑的夜晚，杜菲最需要的是什么。我那时在杜菲的书架上看过一本有关台湾眷村的书，几乎每个眷村家庭的小孩都是听着长辈的抱怨长大的："这个啊，哪有我们家乡的好。"由食物引发的感受，再美好，终究只是家乡味道的廉价灵媒，正是这些镌刻在记忆深处的酸甜苦辣支撑他们向前，无论生活多么艰难。可是，等到真正回乡的那一天，他们惊讶地发现一切都变了，他们说过的话在孩子面前沦为笑柄，于是，他们落寞地返回岛上，荒度余生。

我可不愿意看到杜菲这样。但我同样排斥心灵鸡汤。

我真替杜菲担心。她已经发展到了从噩梦中惊醒，偎在我的怀里叙说梦境的恐怖，接着转到新近的退稿。她说她终于想通了，终于找到理由了。她说，这些理由无法掩盖这篇作品在细节上的丰盈与曼妙。

我觉得我快要发疯了。

我当时还太嫩。很久之后，因为读到穆旦的一首诗，我才完全理解杜菲。那首诗写于一九七六年。关键是最后两句：

“又何必追求破纸上的永生，沉默是痛苦的至高的见证。”

针对杜菲的沉默，我能做的就是分散她的注意力。过去的小半年，我和林炀保持着一定的往来。主要是在网上。他通过 MSN 传给我一些小样。他想出一张专辑，备选充足，想听听我的意见。我成了这批作品最初的听众与评论者。它们最突出的品质是旋律。这是天赋。我迄今认为林炀应该去流行乐坛，上海的地下音乐人，只有“兰亭乐团”能写出那么美的旋律。可他一直唱英文总是障碍。他希望我帮他。但我显然不是那块料。

"要不，你帮林炀写歌词吧。我觉得你多接触一下这个圈子，未必全是坏事。最起码你能积累一点体验，说不定，你以后能写一个关于摇滚乐的小说。"

杜菲答应了。我怀疑她是为了体验生活。

林炀独居宝山，父母住在凉城新村。我见过他的母亲，典型的上海老阿姨，笑盈盈来给儿子送菜。她看到杜菲，唠叨的程度就提升一级。说起来，那个小区还真是迷人，名副其实的花园。夏秋两季，树上藤上悬着意想不到的水果，一种奇妙的欢迎仪式。有一次，我们在假山旁的空地打羽毛球，我用拍子敲过毛桃，才得手第二只，就被保安撞见了。他用凶横的眼神惩戒我。

我们只在周六下午排练。对我来说，其实就是不花钱跑到林炀家里看他表演，翻他的文艺类收藏。有时，来了也不干正经事，大家闲坐在长沙发上，看一张影碟，某个外国的演唱会。客厅里起初有三个人，后来多了一个姑娘，专业吹小号的。我不清楚她的真实姓名。大家当时都以网名相称。林炀叫她 Sandy，看得出，Sandy很迷他。

Sandy 的加入是顺水推舟。歌词计划结束了。杜菲写得太自我，把它提到唯美的境界，所以缺乏歌词应有的服务性和通俗度。只有两首录用，确切地说，是从那两首里各摘了一段。整张专辑的歌词，到头来还得靠事主去填，这局面令人窒息。我怀疑如果不是考虑到我的中介身份，全盘拒用是大概率事件。或者，正是因为顾及了我的感受，他才有了如此荒谬的提议：“我们组一个乐队吧。”他看着我，眼里放光：“看看怎么处理这些没用上的歌词。”

“我不行，”我对自己说，“我一点基础都没有。”

“我没意见啊，”杜菲改看我道，“不过我帮不上忙，我五音不全。”

“你可以站在台上把这些歌词读一遍，音乐我来。”

“那要不你们俩组一个吧。”我补救道。

“你可以打鼓，”林炀调头看我，“相信我，我教你最基本的，不用玩花活，你打得多慢都不要紧，稳扎稳打就行。”

“读歌词没什么意思，这种配乐诗朗诵太老套了，要玩就玩点有趣的，读我的小说吧。”杜菲这样说，我一下子全明白了，摆出豁然开朗的积极姿态，似乎我一直都有一个当摇滚明星的梦。

“如果需要登台的话，我戴个面具行吗？”杜菲的犹豫似乎是在选择理由。

“你可以套个大头盔。”我知道她在想什么。我笑着说：“美国有个乐队叫 The Residents，三十多年来没人知道他们长什么模样，演出的时候不是戴个大眼球就是化妆成木乃伊。”

“那不得闷死啊，我戴个面具就行了。”

“不错，The Residents 不错。”此时的林炀，露出了诡异的笑容。

这就是“夏日素描”的缘起。

我们的乐队组建于夏日。

我人生的最后一个暑假，系里布置的功课是画变速器的剖面三视图。那块画板需要两张课桌才能摆平。漫长的绘图任务，枯燥而乏味，但它赋予我生机。工作日的清晨，我吃完早餐，不忘擦完嘴再去亲吻睡梦中的杜菲。我日后独居的自理能力还算强，甚至能下厨烧一桌小菜，完全得益于那段时期。我骑着自行车，淹没在上班的人潮中，到校的时候，我名义上的室友们还在宿舍打呼噜呢。我只画五个小时，画得全情投入，有那么几个瞬间，我在某种眩晕的快感之下，遇见了毕业后的自己，在搞测绘。

周日的我更为乖巧，完全待在家里。我向曾在公社食堂掌过勺的父亲虚心求教。周六下午则去宝山排练，也去过零陵路的地下防空洞，那里有当时上海最具规模的排练房。林炀纯粹是为了开发我的鼓技才会重返伤心地。他讨厌那里，阴暗、潮湿、闷热、刺鼻，有太多糟糕的回忆和无法正面的人事。我们排练时，确实会有一些他的故人过来串门，抽一支烟，攀扯几句，盯着杜菲看。这种状态一直持续到九月，我们的第一场公演。那是在 ARK，一个本地新老乐团的拼盘会。

我们被安排在第一个亮相。

具有颠覆意义的首秀。

后来，有人说我们是自赏派（Shoegaze），他们关注两位女生近似雕塑的表演风格、林炀撩拨琴弦的慢条斯理、吉他音墙在他对鞋子的瞪视中得到了宣泄；有人说我们是实验音乐，概念先行，典型的意识大于技术，上海乐队的通病；也有人说我们是噪音，他们用远离舞台的双脚来抗议，用嘴咬朋友的耳朵，用手在论坛上编写挖苦的密码。但是我总感觉更多的人并不这样。他们是在看脱衣舞吗？我无法容忍他们对杜菲的凝视、脸上的地沟油表情、指尖的口哨声。我们只是一台超大功率的干冰烟雾机。清亮的小号，一条条的旋律，如同一道道灯光，穿透记忆里的无形幕布。我们只有一首曲子，不能称之为歌，因为没人演唱。从杜菲裸露在面具之外的红唇倾吐的是带了韵味的长短句。当谱架上的小说活页被她翻到末尾，这首长曲在吉他渐弱的轰鸣中应声倒下。

许久，我听到台下有人尖叫、起哄。“啥人讲暖场乐队不可以Encore啊！”那是陈熙的声音，“Encore！Encore……”无数声音在跟进。我真担心啊。当时如果杜菲脱两件衣服的话，候场的下一组乐队会不会被观众杀死在后台。

严格来说，她当天只穿了一件衣服。

那个夏天还有一件大事。它引我去大时代广场找杜菲。当年的淮海路还没有K11、环贸这样标准的超级购物中心，有的是百盛、伊势丹、美美一类的百货公司，大时代一类的购物商厦。大时代当时的确是最好的，在时尚、规模、档次的各个方面走在前列。所以一项青年文学大赛的启动仪式落在这里，我颇有一点少见多怪的不适。不过台上货真价实坐了一排大作家，他们来站台，担任评委，可见赛事的级别之高。

杜菲坐在听众区的最后。她和一位中年男性在聊天。后来我才知道这位姓毕的研究员是杜菲的伯乐，多次为她的小说投稿牵线搭桥。

“你几岁啦?”毕老师在研究比赛的宣传页。

“我二十九了。”杜菲说。

“哎呀，可惜啦。这个比赛要求二十八周岁以内。”

“哦，”杜菲平静地接受了，“那我没资格参加。”

“真是可惜了。你应该参加的。这个年龄谁定的啊?定得不合理啊。青年比赛嘛，最起码应该拉到三十五岁吧。”

为了避免沦为一个窃听者，我远离了他们。大时代广场的二楼热闹极了，就像圣诞、新春的欢庆季，整个中庭都布置了赛事的图文影像资料。还有一整片区域的文献展，陈列了去年二十位获奖者的相关内容。台上，此刻正在发言的是一位本地的八零后新贵，他在去年的比赛中脱颖而出。他说自己从大一开始，每年坚持读四百本书。他罗列了一长串世界文坛的大师，说他们的小说，自己都拜读过。

两周之后，我在报纸上又看到这则比赛的公开启事。参加年限神奇地改为了三十五岁。我拿着报纸，像礼物一般献给杜菲。她说她已经知道了，昨天就报名参加了。她那时，心心念念都是翻译的事情。她接受了毕老师的建议，想要去美国的一个什么作家工作坊深造。她告诉我，有哪些伟大的名字在那里受过淬炼，说的时候，仿佛已经是他们的校友了。她要把自己最好的小说翻译成英语，作为申报材料传给相关机构。我完全不看好她，因为这是一项面向全球作家的选拔，杜菲的作品连国内的文学期刊都通不过，她哪来的自信和底气？我心里这样想，嘴上却替她高兴，当然，其实我的内心也在替她高兴。她在卧室翻译小说时的静谧让我感到幸福。

“致晖，你知道‘银河五百’吗？”有一晚，她停了译笔，叫我进去，问了这样一个问题。

“说实话，你知道这个乐队让我挺意外的，是不是林炀告诉你的。”

“什么？乐队？”她的强烈反应不像是在表演，“不是，我说的是福特的一款老爷车，上世纪六十年代的豪华轿车。”

“胡扯吧，‘银河五百’呀，Galaxie 500？”

“对呀，Galaxie 500。”

于是，我们上网核查，发现我们都对，也都不对。当时有限的试听网站还不足以支持如此冷门的乐队。杜菲没法配合“银河五百”的音乐讲述她是如此了解这款豪车的，对它又有何期许。虽然没有音乐，但是她的讲述赋予一种比有声电影的抒情段落更梦幻的感觉。随后，她就不再与我啰嗦了，继续翻译。一个短篇，她花了一个多月翻译。

乐队的活动重新开启。周六下午是“夏日素描”的时间。我们在上海又演了一场，接着，收到了一些外地的演出邀请。

我们去外地演出，不是公路电影式的一座城市换另一座城市，永远在路上。我们都不是自由身，沙漏的容积是两天，演完了，必须在周日被夜幕封锁之前赶回上海，充电两三个礼拜，为了新的冒险。至于目的地，不能重复，也不能太远，酒店不能太贵，因为演出的酬劳也就几百块钱，所以颇有一点野鸳鸯周末游的情趣。早在一年前，我和杜菲从宁波回来之后，在我苦闷的一个多月里，我确实设想过这种方式，如今得偿所愿，反倒让我苦闷。

我是真不愿意和林炀住一间房。我觉得 Sandy 也有同感。如果我们互换室友，这个世界会变得更加美好。当然，这只是我的猜测。人在眺望过去的时候，它的可虚构性总是比它的可回忆性容易看清。前不久，也就是我开始酝酿这篇东西的那个周末，我在小号大师 Tomasz Stańko 的上海公演现场又见到了她。那个坐在我右前方的女人正是 Sandy。我们已经有十一年没见面了。我只是在她搂着身边男人的右臂，向他发嗲，窃窃私语之后，才有足够的信心下此结论。她的口味没变，还是喜欢那种斯文、偏瘦的型男。我明明知道她和林炀没有可能，可是，当我看到那个男人学她的样子，侧过身来，用微笑和嘴唇作为回复的时候，我还是止不住地痛惜。

我想，那是一种身份认同，一种心理倾向。对于当年的我来说，没有比之更迷人，更难捕捉的。归根结底，我和杜菲的关系是一种上下文关系，随着语境的变换，可以过滤、折叠、反转，就像自然界的保护色，捕猎者眼中的幻觉。

最后的公演发生在南京的一家酒吧。最残酷的四月。当时林炀已经知道了杜菲的决定。我们在火车上讨论乐队的走向。

“我们还有很多潜力没挖呢。”林炀对我说。

“是啊，”杜菲插话道，“说不定等我回来了，你们已经被唱片公司选上了呢。”

“选上是有可能的，”Sandy对自己说，“只不过现在的发片环境实在是太恶劣了，万把块钱就把版权买断了，还不如DIY呢。”

我坦陈了心中的顾虑，能力上的，精力上的，但还是屈从于杜菲以及她所描绘的蓝图。当晚的演出，除了我，其他三人的状态都离奇得好。杜菲甚至扮演起了键盘手，她的指尖在琴键上的每一次触碰都会诱发一连串的旋律或节奏，而这都是林炀事先设计好的。我始终找不到自己的节奏，鼓槌在手，仿佛是在高难度的模式下打地鼠，慌张，狼狈，疲于应付。其实，我原本就打得不好，再烂一些，也很难招致同伴的白眼。而对于台下的来说，我只是迷雾中的一个松鼠。

回酒店之前，我们去闹市吃了一顿奢华的夜宵。林炀请客。轮到该我洗澡了，已是凌晨一点。我才洗了没几分钟，林炀偏说肚子不舒服，要进来方便。我一头的泡沫，双手挠不过来，眼睛都睁不开。等我感知到他赤裸的全身，他的嘴唇已经在我的脖根上亲了好几下。出于本能，我竭力挣脱。动作升级。在肉体的剧烈缠斗中，我听到了一记闷响。好像是我的肘子挥到他了，连带着，他的脑袋撞到了墙上。莲蓬头此时仰在地砖上忽东忽西地恣意喷射。惊慌中，我侧身抹一把脸，透过水汽，望见他的背部肌肉与湿滑瓷砖的缓慢摩擦，咕咕咕地往下坠。他一屁股坐在了平缓的飘着泡沫的水流中，两眼发黑。我吓坏了，抄起一条浴巾，裹着要害部位就往外冲。我在酒店的公共楼道留下了很多杂沓而缺乏逻辑的湿脚印。最后，我被迫用拳头去砸杜菲的房门。我刚砸了几下，旋即陷入了深深的悔恨。

我一夜未睡。

爱情，友情，往日的承诺，一起追逐过的梦，都在那个异乡的凌晨灰飞烟灭了。我还记得，颓靡不振的乐队四人进入上海境内时，血红的落日在火车的车窗里微微震颤，如同油画一般绚烂。未来的日子，黄昏将为上海的原创摇滚乐添上一抹余烬。崭新的时代，听音乐不再依赖实体唱片，MP3 沦为冗余、累赘。这个产业在上海从未成型，消失之际也无须悲伤。完全不值得悲伤。我在意的，并非那一连串的消失，缘何消失，而是彻底的遗忘，正如我和杜菲，仿佛从未登上过舞台的中央。

那真的不是幻觉吗？

我确实需要另加质疑，在三月初的那个黄昏，诱使杜菲拥吻我的电子邮件是否属实。我在结束了两场面试之后，换乘六十一路回了市光二村。我打开铁门。她在我换钥匙的间隙，躲在鞋柜后面，只待那咔嚓一声响起，好给我一个惊喜。她被录取了。她被美国的写作班录取了。她连蹦带跳地搂着我的脖子，宣布这个残忍的喜讯。这意味着最迟五月底，她就将离开我，去到遥远的北美，待上一整年。这里面似乎有猫腻。近年来，我也听人说起过一些美国的创意写作班、作家工作坊，向全球的优秀作家提供全额奖学金，但是，这些项目全是 MFA 一类的艺术硕士，在八月开学，学制也不是一年，而是半年。

该相信谁呢？我是否应该为她的笑容投上一票？那张脸从未笑成过这样，爆发出如此恐怖的笑声。久违的笑声。那是我从未见过的她。完全陌生。完全是另一个人。比起她的演技，我宁愿相信这些，是的，我宁愿相信这些。我知道，这样说其实是在给自己贴金。

我彻底懵了，完全来不及献上祝福。后来想起来了，也好像有点言不由衷。

“晚饭吃什么啊？”我问她，“要不要出去好好庆祝一下？”

她开始吻我，维持这个姿势，直至进入昏暗的卧房。不久，她把自己脱得只剩内裤，胸部往上推的过程中，舌尖舔向乳晕。我们相隔半米。她的眼神，仿佛是在某类电影的片场，而我正是那台摄像机。这是我第二次享受如此礼遇。上回发生在我与这间卧房的初识。那个深秋的午夜，我羞愧地发现自己从影像学来的花招连最基本的问题都解决不了。

“我来吧。”她用手教我。

“你得适应这个过程。”她上次对我说过的话，现在又重现了。上次是进入，现在是出去。我躺在床上，渐渐意识到，身体的每一次深入，都是一次远行。

“你愿意等我吗？就等一年。”她的右手搭在我的脸上，拇指轻轻擦拭颧骨，仿佛那里有泪痕。“等我回来了，我就什么都没了，”她幽幽叹道，“工作没了，房子没了。”

她选择卖房子，还和一个穷亲戚有关。她的奶奶去得很突然，没有留下任何遗嘱，所以房子的一半存在遗产争议。这事情已经拖了将近三年，再拖会有法律风险。我见过那个搞突袭的女人，在大四下学期开学后不久。当时房间里亮着灯，能听见慌乱的动静。杜菲没理由不开门。

“小姑，我现在已经穷得要给人家当家教了，你逼我也没用啊，要不我把房子卖了？”

“徐老师，要不我先回去吧，课改天再上。”

我识相地离开了，待在小区外面的网吧等杜菲的电话。

待到万事齐备，杜菲回了一次东北，她还要和她的父母、弟弟告别。所以后来是从北京起飞去的美国，连送别的机会都不肯给我。启程后的第二天，我收到了她的电子邮件。就一句话，有我的名字“致晖”，有传递心意的“谢谢你”，还有表征某种关系或情感走到尽头的“So Long”。我给她的邮箱发过很多电邮，无一回复。她曾经的同事们对于这种失联状态表现出了相当程度的欢迎。

杜菲走了。过去的十余年间，只有几次室友聚会，我能听到她的真名在杯觥交错的间隙响起。我从席间听说了一些关于杜菲的风流轶闻，因为我总是创造性地提及她，因为室友里有一位在母校一直读到了博士，知道太多校内的八卦。他说很多老师都追过杜菲，但是都被她拒绝了，而且拒绝得非常直接。

毕业之后，我再没回过母校，也没回过复兴岛，在那之前，倒是去过一次市光二村。

我当时急匆匆地赶过去，而杜菲的房子正在拆旧。门口光秃秃的那块绿化带堆满了建筑垃圾：肢解的抽水马桶、脱排油烟机，以及面目全非的沙发和桌椅。我就站在楼道铁门外的石阶上，铁门被几块砖头卡住，敞开着。里屋传来各种惊心动魄的异响。我想不出进入的理由。我四处张望。从杜菲的绿皮信箱里，幽幽探出一个尖角。我被一些可笑的念头吸引住了，想尽办法把那封东西钩了出来。信封上印的汉字明确地把杜菲和她去年夏天参加的那项文学比赛联系到了一起。这是一份赛事组委会的回函。会收到回函是否就意味着杜菲的才华得到赏识了呢？我心想这下糟了，万一她得奖，我该怎么通知她呢？我给她发电子邮件，告诉她得奖了，她会相信吗？她会考虑回来领奖吗？我又惊又喜，一时舍不得拆这封信。

到底拆不拆？

信封很轻。里面只有一张漫画风格的贺卡。那是一种庄严的语调，它告诉杜菲，这次比赛，她虽然没有任何名次，但是她的参与是值得赞赏的。

我真想撕了这张回执。可是一转念，它却好似杜菲留给我的某件信物，根本无从下手。我瘫坐在石阶上，久久不愿起身。后来，我的肩胛被什么东西连着顶了好几下。

“走啊，别挡着道啊。”

我扭头看见一个壮汉，单手捏着镜子。他绕开我，小心翼翼地拾级而下，把提在左手的那捆杂志抛向草坪。接着是镜子，斜着靠在沙发上。我从镜面的边缘和尺寸认出它原本属于衣柜。此刻，因为角度问题，它简直成了一面哈哈镜，而它孜孜不倦努力监视的景象也变了，不再是杜菲和我的各种组合。一个脏兮兮、湿漉漉的背影向沉默中的我逼近。这个男人回屋之前又斜了我一眼。这下，我终于明白了。

他叫我靠边站。

第三折

忘川求水

1

从孙炜的唱片架上随意抽一张黑胶，结局都一样，全是爵士专辑，参与灌录的乐手全都死了，无所谓红花绿叶，无一例外都成了历史。这背后主要是两大原因：其一，孙炜只听上世纪五十至七十年代的爵士乐，也即现代爵士乐的黄金时代；其二，那个时代的爵士乐手普遍早逝。

孙炜最喜欢的 John Coltrane，病故的时候年仅四十岁；Krzysztof Komeda 被他的波兰同胞，那位作家，推落悬崖的时候，不到三十七岁；Eric Dolphy 的死因仍有争议，没有争议的是他的大师位阶、他只活了三十六岁；Charlie Parker 是在朋友家猝死的，那年他三十五岁；Lee Morgan 的妻子在争执过后回家拿了一把手枪，重返爱人演出的酒吧，以最激烈的方式把他留在了身边，留在三十三岁；Clifford Brown 出车祸的时候只有二十五岁，如果上帝能宽限几年，凭他的势头与实力，够格挑战 Miles Davis。

这是受了什么诅咒吗？孙炜曾经问那位领他闯入爵士疆域的老法师，为什么爵士乐手吸毒的比例远远高于摇滚乐手？为什么他们变着花样自暴自弃？

“你说的这些人都永垂不朽了，”老法师用雪茄刀使劲收拾那支 Cohiba，他试着找打火机，“我倒是挺羡慕他们的，与其像我这样庸碌地活着，还不如像他们那样辉煌地燃烧呢！”

“不能这样说吧，世界上没有那么简单的选择题吧。”孙炜说。多年以后，他在酒吧找到（这个过程漫长而痛苦）一个正经演出的位置，每周吹两三个晚上的萨克斯。观众虽少，但他吹得非常投入，偶尔也会有某种灵魂出窍的感觉，事后疲惫不堪。他多少有点感悟了。夜那么黑，他的演出费只够他打车来回，明日还得赶早班。他的正职，那份真正糊口的差事是殡仪馆的送灵乐手。殡仪馆有轮休，不设双休，他们周末也得出工，阵容包括六人的仪仗队，三人的乐队——小号一把，圆号一把，次中音萨克斯一把。在眼泪和鼻涕的巡视下，在九人方正的护卫下，伴着《友谊地久天长》的旋律，灵车缓缓前行。到了某个特定区域，旋律断了，阵列散了，饮泣的队伍稀疏了。乐手照例退至一旁，拔出吹咀，把乐器倒个向，抖掉铜管里的口水。在舞台上，这些动作是习惯使然，在殡仪馆，多了一层迷信色彩。

所以，孙炜有理由背上宿命的包袱。某日，他和部门领导在午饭的时候讨论轮回思想，他说：

“上班的时候，我为死人服务，回到屋里，放点唱片轻松轻松，轮到死人为我服务。这就是轮回。”

“瞎讲。”领导啃着鸡腿，用两个字就击退了孙炜。领导举着已经面目全非的鸡腿，仿佛那是指挥棒：“怎么好讲是为死人服务呢？是为活人服务。你要晓得，出钞票请你吹曲子的是活人，你的听众也是活人。为啥我们要吹《友谊地久天长》，是为了向活人传递正能量。”

孙炜明白，他和领导谈论的不是一个话题，而且对方缺乏幽默感，也就懒得饶舌。午饭之后，孙炜会陪领导去风口闷一根软壳中华。孙炜是那种抽烟却没有烟瘾的人。吹萨克斯的靠肺活量吃饭，抽烟是大忌，除了午休应酬，他基本不碰烟草。但是领导发的这支烟，他得抽，自觉自愿，抽的过程简直享受。领导会和他聊一些工作外的内容，譬如星际旅行，譬如申花队在中超的夺冠形势，譬如给他介绍女朋友呀。

“女朋友还是算了，浪费时间嘛，寻个朋友倒是真的，谈得拢的。”有一次，孙炜居然这样推诿。领导不乐意了，说：“难道我不是你的朋友吗？”

“你首先是我的领导，其次才是朋友。”

“小滑头，你呀。”领导开心地又点上一支烟。

来殡仪馆工作有四年多了，孙炜在所属部门是资历最浅的。他之所以时常能陪领导共进午餐，纯粹是沾了上海话的光。单看户籍，这个部门的下属都是上海人，而且多为退伍兵，孙炜是唯一会讲上海话的。当然，这只是这家殡仪馆的特殊个案，别的部门完全是相反的情况。入职之后，孙炜才对殡仪馆有了一些完整认识。他觉得这里的上海意识（味道和元素的组合）在浓度上是数一数二的，甚至高于松江、青浦、浦江镇这些上海文明的发祥地。他的判断依据是，会选择在上海办丧事的遗体，基本上都是上海人，无论他们的根是否在上海，他们对这座城市有某种强烈的认同感。对于一部分人来说，这种认同感甚至足以抵挡祖籍的归属诱惑或者海外的各种诱惑。由此，孙炜对上海人的定义做了修正：

“上海的常住人口，目前的以及曾经的，在可选的情况下，愿意死在上海，或者葬在上海。”

2

在孙炜对上海人的重新定义里，他无视户籍，也没对沪语提出任何要求，所以，请不要惊讶，他和陈玲的初次会面说的是普通话。

那是在某酒吧的休业派对上。那家酒吧以极端的噪音演出在沪上的摇滚圈享有一定的声誉，就连听死亡金属的都嫌那里太吵、太无聊。陈玲正在筹拍一部纪录片，聚焦摇滚乐在上海的传播。考虑到酒吧的心跳会在明天停止，这个噪音之夜纵有万般难捱，却不失为一次绝佳的调研。于是，陈玲就去吊唁了。她给自己备了一副3M的隔音耳塞，蓝色的海绵体，松软可人；还有就是致晖。

纯噪音演出，很久以前致晖倒是领略过。他理解的噪音主要是一种心理状态，和现实世界的分贝数值关系不大，就像地下酒吧并不都在地下。致晖想起十年前，相似的环境，他和杜菲就艺术从业者如何冲到地上有一些讨论，当时，“夏日素描”乐队正处于分崩离析的前夜，作为创始成员，也许还是台柱子的杜菲退意已决。她要去美国攻读什么作家写作班。十年之隔，足以让杜菲和“夏日素描”被世人遗忘，就连致晖，如果可能的话，也倾向于见到他们被恰当地掩埋起来。在来酒吧的路上，致晖还在地铁车厢里挣扎，试图通过阅读躲进一个更安全的世界。阅读短暂地将致晖带入斯特拉文斯基的人生——音乐家在祖国俄罗斯生活了二十七年；随后是在法国与瑞士的法语区，二十九年；最后是美国，三十一年；死后，安葬于威尼斯。为什么是威尼斯？这让致晖非常困惑。他真的已经尽力了，随后，无奈地坠入到某个类比中：东北，十七年；上海，十三年；美国，未知。这是他所能了解的、有关杜菲的部分档案。

烦躁，被噪音团团包围，有太多因素迫使致晖去回忆，太多不协和的联想。他喝着啤酒，快步远离制造噪音的舞台。在酒吧门外，他找到了一个潜在的出口，墙上的演出海报，除了边角脱皱，他很难在上面嗅到告别的感伤。“告别”这两个字并没有缺席，不过，是在轮回的光芒下宣布的。酒吧虽然难以为继，但是作为某种姿态的噪音演出还会在别处延续。致晖由此推断：这张海报是演出的主办方制作的，而且主办方并非酒吧，而是某个组织，某个专门策划噪音演出的组织。此外，海报还诱发了一些结构观察。上面印的表演阵容包含三大元素：艺名、常住城市、音乐风格。单论音乐风格，最先和最末登场的是粗噪音，顺次二和六是电子噪音，三和五是环境噪音，四是自由爵士。

陈玲也有类似的收获，不过刺激她的不是视觉，而是听觉。如果没有耳塞，她现在应该会和致晖一样，喝着饮料，躲在酒吧门口研究海报。如果不是陈玲，致晖现在应该会和碗筷一起，激起水花。等把厨房和垃圾都收拾了，他可以在客厅喝杯咖啡，对着笔记本写点什么。写作这件事情吧，在他其实和健身差不多，不是说要练出怎样的身材去比赛，它就是个消遣，一种针对病态的自我麻醉。对于陈玲新近的病态，致晖显然无法理解。他虽然理解她是被重获新生的幸福驱使着，被无望的荣光照耀着，但是，他总觉得像陈玲这样的文艺老江湖，还在指望一役毕功，实在是，实在是——他脸上的苦笑指使他饮干了剩余的啤酒。他决定把空杯子还给吧台。他得守着陈玲，即便那里面充斥着噪音。

几乎是擦身而过，孙炜也预备登场了。他从吧台的散座起身，用酒杯和调酒师换了一个海蓝色的皮箱，提着，步上狭小的大理石平台。这个戴墨镜的硬汉在演出海报上的替身叫“太阳船”。皮箱里有他的乐器，一把萨克斯。简明的调音过后，船开了，犹如码头上空的团团烟气，几句旋律喷涌而出。是的，是旋律，在这个特殊的噪音之夜，他用备受诅咒的旋律开场，摘掉陈玲的耳塞。重复，旋律在重复，心醉神迷地重复，萨克斯在重复中积聚音量与情绪，最后化作一头野兽。失控的不协和音，每个音符都快要吹爆了，每次呼吸都是一次极限挑战，这让陈玲想起曾经做过的肺功能检查。医生让她坐进一个密闭空间，命令她戴上氧气罩，一口气吹到底：“使劲吹，使劲吹，对，吹到底，吹到底。”

如果这就是噪音，倒是可以接受的。

“太阳船”回港之后，陈玲用最热烈的掌声迎接，还有一颗迫切想要相识的心。她赶紧招呼致晖：“第四个是叫太阳船对吗？”

“没错，”致晖说，“而且还是上海的。”

“上海人？”

“这倒吃不大准。”

于是，她设法搭讪孙炜，用的是一口漂亮的普通话。他们聊得颇为投机。孙炜还不习惯观众的赞歌，更何况，它出自一位美女的真心。在这样的赞歌面前，抵抗力微笑着高举双手。平常，孙炜在殡仪馆吹的都是标准曲目，或者吹家属指定的曲目，赞许无疑是奢侈品。他也从未奢望过，能从那些悲痛的灵魂得到什么，他能做的，仅仅是创造最合适的音乐，试着安抚。他明白，自己是一个不合时宜的表演者。以前在主流爵士酒吧，他的吹奏是对观众的折磨，后来在主打噪音的酒吧，他的吹奏是对同行的挑衅。他已经习惯了，独来独往。许多对他略有了解的，误以为他和墨镜的寸步不离是他惨淡艺术生涯的怯弱缩影，总得来说，他在音乐圈仍是一个谜，谜面谜底可有可无。没人知道他的真实姓名，真实情形。如果有人关心，或者嫌“太阳船”读起来拗口，他就说：

“叫我船夫吧。”

这五个字，也是他给陈玲的答案。

“那么船夫，”陈玲说，“不介意我请你喝一杯吧？”

“换个地方吧，”他说，“等下会很吵，根本没法聊天。”

“好主意。”致晖附议，还举荐了一个去处。

“算了，我有点饿了，要不我们去吃面吧。”他说附近有家新疆餐厅不错，要到凌晨才关。

可是凌晨还很遥远，船夫突然调转航道即将驶往的那家餐厅却是空荡荡的。致晖由此反刍船夫的那句“不错”——是对食物的正面评价，还是恰恰相反造就的聊天环境？他心生疑惑，目光里难免流露出一些异样。邻桌的几位穆斯林显然不是客人，他们喝茶嗑瓜子，也在聊天中观望。观望在蔓延，让陈玲纠结的是自己的食欲，以及架在孙炜鼻梁上的墨镜。

陈玲多点了一份大盘鸡，只给自己要了一瓶美年达。热菜居然比拉面先上桌，孙炜主动替陈玲拔筷子。她接受了却不愿意使用，托词吃夜宵容易发胖。这一年来，她对社会餐厅的顾虑与日俱增，嫌它们的饭太硬，菜不干净。今夏的手术确实对她有所帮助，但是没能彻底扭转困境。腹泻不定期地发动奇袭，若是持续强攻，她还是需要服药。药效乏力，更多是一种心理安慰，到后来，连她想笑自己，有时会大声通知致晖："放开我，我要吃安慰剂。"今晚她有服药。她不想在外面难堪，况且酒吧的厕所通常极其脏乱。她知道酒吧里座位有限，难免久站，进去总得支持性质地点上一杯，这些都构成不安定因素。她很识相，点了去冰的苹果汁，半杯进了致晖的肚子。现在，摆在她面前的筷子没有任何迹象会被移动。她环顾左右，像是在寻找厕所。孙炜的乐器箱让她想起了同事的调侃，当时她在单位的苹果电脑上播放爵士乐，萨克斯和小号狂飙——"没想到哦，你居然欢喜听这种放屁的声音。"

她向伙计讨了杯白开水，给食物洗澡。随后她问孙炜，买过打口 CD 吗？孙炜吸着面条，吐出几个字，面的热气为那副深色墨镜添了一些喜剧效果。他咀嚼着补充道："我们这代人只要喜欢音乐的，谁没买过洋垃圾啊。"

"老碟友啊，"致晖喝口可乐，"以前肯定经常跑大自鸣钟的。"

"没有，你错了。"孙炜的反应让致晖相当尴尬。墨镜男后续的回答，无非是大自鸣钟在上海盛行之时宽带已普及，海碟的意义被

Soulseek 这类下载软件消解了，但是，他的叙述方式，那种咄咄逼人的气势，显然影响了致晖，坐在陈玲旁边的这个男人试着缓和气氛：“等于是有了宽带，实体唱片就不买了。”

“买啊，谁说不买了？”孙炜顿了顿，仿佛在寻找那个造谣者。他对先前给出的结论做了展开，不买单指 CD，而且把家里的 CD 差不多都卖了，现阶段的实体唱片消费仅限于爵士黑胶。

“我最近在筹拍一个纪录片，”陈玲清清嗓子，“叫‘宽带之前摇滚乐在上海如何传播’。”

孙炜停下筷子，问她难不成也想拍打口。

“不是打口纪录片，是摇滚乐在上海的传播史，从一九六六年拍到本世纪初，也就是拍到宽带在上海普及为止。”

“一九六六年？”

“一开始是打算从改革开放那年拍起，”陈玲喝口美年达，“后来我把这个项目和一个电视台的朋友聊了，他的一些回忆触动了我。他比我大，爸爸以前是海员，跑国际航线的。他说，上海作为一个海港城市，曾经的远东第一大港，即便是在‘文革’这样封闭的年代，她的封闭都是相对的。他说，他爸爸常年跑海外，所以家里有很多欧美的音乐磁带，这些磁带后来在八十年代成了‘中图拷兄’的母带。还有就是他爸爸帮江青买过电影拷贝。他说那时候，江青想看外国电影，很多拷贝都是通过海员采购的，然后运回上海，让‘上译’配音，做成内参片。关于内参片的故事，苏秀的书里有写到。”陈玲一边说，一边揣测那副墨镜背后的反应。“所以我们完全有理由大胆推测，在‘文革’时期，摇滚乐已经登陆上海了。什么甲壳虫啊，猫王啊，完全有可能在上海的弄堂里，洋房里播放，当然，这种播放是非常私密的，是小圈子文化。崔健不是说过嘛，说北京最早听摇滚的是林立果。”

有点意思。那副墨镜开始松动、下滑，孙炜用食指将它推回去，还向陈玲提了一个问题。

“搞了半天，你也是上海人啊。”陈玲有点小激动，随后，她交代了影片的五条叙事线，依次是“报刊”“电台”“打口”“演出场地”以及“网络论坛”，报了一些名字，说他们会成为这部时长两小时左右的纪录片的嘉宾，接着，更为详细地介绍起影片的风格。

“倒真的是个好项目啦。但是我有点搞不大懂哦。这跟我又有啥关系呢？”

陈玲无法给出具体的解释，只有一种感觉，源于对船夫在台上表现的认可。她向船夫发出了邀请，等纪录片开拍了，请他对着镜头回忆发生在他身边的摇滚传播。“无论是爵士还是摇滚，哪怕是外国的流行歌曲，在资讯欠缺的年代，你肯定也经常翻杂志看乐评、到处淘片子、跟有共同爱好的人谈谈山海经。这点事情，我相信我们是相通的。”说完，陈玲笑了。

3

作为一个倾慕西洋文明的中国人，陈玲时常有一种抽离感。她相信自己从未真正走近过，尽管这些文化遗产在中国流布已久。比如谈巴赫，谈伯格曼，谈陀思妥耶夫斯基，她是2D的观感，模糊而叠影重重，而她的主编，那位虔诚的基督徒，戴了观看3D电影所必须的眼镜。她分析来分析去，归咎于、遗憾于自己的宗教缺失。成为一名教徒，这件事情她想了好些年。信仰的诱惑，更确切地说，是美善生活的诱惑，她担心这种诱惑会和移民一样，成为某种生活方式，某种身体需求，某种类似性欲的原罪。现状多么痛苦，未来如此灰暗——成为一名教徒，这让她既向往，又恐慌。她认定自己做不到，做不到像主编那样，工作如何忙乱，周末如何压缩，都能保证每周至少留一个晚上，或者一个下午，虔诚地在教堂里赞美上帝。这点时间，通常被她用来看书写作，聊天打牌，或者做爱。

可是，她还是羡慕她的主编，羡慕极了，尤其是听她念口头禅的时候。

——上帝会为我安排的。

——好在我有上帝。

——感谢上帝。

多么伟大的上帝。和主编在一起，陈玲时常有溺水的感觉。可是，每当受洗的冲动临近淹没，她就会想起《包法利夫人》的一段文字：

“娶到这样一位太太，查理临了也自视甚高了……大家做完弥撒出来，就见他站在门口，穿一双漂亮绣花拖鞋。”

那双拖鞋太致命了。在她眼里，自己就是查理，愚蠢的查理。那么，她是因为得意忘形而无缘圣恩吗？她的生活、事业离美满之间相隔了太多叹息，她总是对她的主编传递叹息，遗憾没能在开蒙之前成为一名教徒。

“现在也不晚啊。”主编照例这样回答，接着用悦耳的声音关怀道：“只要你信奉上帝，上帝就无处不在。”

在圣灵的感召之下，陈玲去过一次教堂。她局促地贴在主编左右，像新来的实习生突然被领导带进了盛大的宴会。当晚恰逢圣餐礼，教堂楼道的脚步声就没有停歇过，还有一些小把戏在大厅外面嬉闹，好像是在模仿光头强和熊大熊二。好些农民工模样的人吸引了陈玲，基本都是女性，中年为主，起初，她以为这些人和自己一样都是来观礼的。“平常根本就没那么多人，”主编咬陈玲的耳朵，“有种人就是一个月来领一趟圣餐。”陈玲不知该说什么。她学着翻阅前排椅背上配的两本厚书，一本圣经，一本赞美诗。她原本只是过来感受一下，远远地观摩，根本就没想过伪装，但是，身处最后一排并不影响她被教徒所包围。仪式临近，脚步声如同涨潮时的水花，源源不断地涌上来。在这样神圣、庄严、整齐的队伍里，离群的身影是如此刺眼，以至于她的内心，倒像是被一群人用一种肃穆的仪式押送刑场。别人肃立，陈玲也站起身来，别人唱赞美诗，她也翻到那一页——可以不唱，实际上也确实不会唱，但是，好歹要把那些字句在口水里浸一下吧。次日，她在午餐时与主编聊起这些，责怪自己好比列车上的小偷，无法沉浸在灵与肉的朝圣之旅，更受不了某些人台前登高满嘴优越感，用阅读圣经的频次来度量与天国的距离，说着说着，倒像是在忏悔。“我做不到啊。”她脱口而出，又急着修正，说只是做不到全信，太不虔诚。她述说近年来的各种不幸，自认为敬畏上帝只是因为需要他，就像病人需要医生，然而又很清醒，医生只能帮你，不一定能救你。

“有困难了才想到上帝，这太功利了。”

“别这样想，上帝不会这样看你。”

“这个比喻可能不太合适。我觉得医生还是世俗的，而我把上帝看得很圣洁，我希望自己如果成为教徒，是带着一颗纯粹的心，而不是治愈的目的。”

这类对话，常在陈玲陪主编外出买饮料、吃午饭的时候上演，基本上，结局是苍白的复制品。一个没打算就此入教，另一个不想把布道变成传销。当事人绝不会感觉无聊，就像当世的作曲家新写的仿古交响乐，最后几小节，要在轰轰烈烈中戛然而止。然后，话题急转，驶向她们的文艺交集，最近看的书，听的音乐，看的电影，写的文章，那些真正的文章，而非报纸稿件。在工作、家庭、宗教这三片漫无边际的海域的包夹之下，是这样的一座座孤岛，如同沦陷时期的上海租界，释放着一些噪音。

半个月前，陈玲陪主编喝下午茶，有意说起纪录片的立项，没想到对方很积极，主动要求出资。一万元离五十万的缺口（成本预计七十万，很节省的拍法）还远，但既然话都挑明了，回本很难，主编还愿意拿私房钱冒险，加之年底她要披婚纱，正是花钱如麻的时候，这一万人民币简直成了一万英镑。还有就是隔三差五的关怀，譬如今日，她问陈玲何时开机，目光真挚，似乎等不及要去银行转账。

“估计要到过年以后吧，”陈玲说，“摄影师接下来要去一趟美国，等他回来，差不多就过年了。”

“过好年，报纸难讲已经关掉了。”

“真的撑不下去了啊?”

“蛮难的，听老板的意思是想割肉。”主编举着汤勺，然后又放下。事情尚无定论，她要求陈玲保密，却帮着计算遣散费。

“十几万不够的。我情愿杂志再撑一年。工资虽然讲少了一点，但一年下来总比这点遣散费多呀，还有你这种一百样不管的领导。”

“谢谢你哦，低级黑。”主编痴笑道。在这个相貌、着装中性化的女士身上，有一种爽朗的直率。后来陈玲提及孙炜，尤其是他如何注资的过程。主编讶异道：“有这种人啊……听上去像是在追求你啊。”

“不要瞎讲，我跟致晖一道去的。”陈玲乘势邀请她晚上去看孙炜的演出，说先前带朋友去过，都很尽兴。主编婉拒了，她晚上有安排，关键是父亲近来总说心脏不舒服，昨日还惊动了120，送到医院，查了半天也没查出症结。

“你好不容易要结婚了，叫他多保重身体哦。”

“是呀！”主编寻思道，“你呢？跟致晖打算啥时候办呢？”

“我啊？我就算了。”这已经不是第一次她在主编面前表态了，后者只是觉得有必要问一下，就像最近在朋友圈读到一篇钩沉上海老摇滚的文章，也有这个必要。

“是写八十年代那批摇滚老爷叔的对吗？我看过了，写得蛮好的，不过跟我想拍的没啥交集。这篇文章谈的是上海第一代摇滚乐队的人生问题。从文献角度，这些资料记录下来绝对是有价值的，但是这批人普遍没啥作品，就算发表过几首，影响力也小得可以忽略。这也是上海摇滚的根本问题，跟北京比起来差距太大。所以我即便要拍上海摇滚，角度也不是他们的音乐。实际上，我对摇滚乐没啥兴趣，我只是对传播有兴趣，你晓得的呀。”

陈玲说的时候，视线恍惚，时空穿越。自打国庆期间项目孕育，之后的一个多月，她就摇身成了一名政客，永远在路演，永远在拉票，永远在试水温。相同内容重复太多遍，讲到像背课本，讲到圈内外都知道有个女人要拍上海的摇滚传播史，正在四处张罗团队，讲到仿佛影片已经杀青，她看到字幕滚动，选定的片尾曲唱到高潮，又委屈，又感动，捧着脸痛哭。

起初，被她这样折磨的是致晖。她在浴缸里说得头发上沾满泡沫，致晖赤身裸体出去关音响。辅佐陈玲，帮着做一个他曾经设想过却无法面对的项目，致晖觉得，这无疑于是在溺水。陈玲的热情如同涨潮时的浪花，源源不断地涌上来，这感觉他是熟悉的，让他联想起那种疏离感，仿佛创作之神下一秒就会将她从身边夺走。她在为难她自己，也在为难他。某个晚上，那种过分投入、不切实际的絮叨迫使他去反驳：

“写本书也就算了，为啥搞得非要去拍纪录片呢？”

陈玲懵了。

“这个世界上有意义的事情多了，为啥非要做这个呢？”

“你是在讽刺我吗？”

“我为啥要讽刺你？”

“你是在讽刺我缺选题吗？”

“滑稽了，我为啥要讽刺你？”

“那你为啥要问我呢？”陈玲说，“我以为你是懂我的。”

“是，我懂你，你看看你，现在满脑子都是钞票和人手，回到屋里，十句话里有九句在谈纪录片，这是屋里，不是纪录片编辑室。”

“滑稽了，”陈玲讥讽道，“我又没问你讨钞票，你急啥？你要是嫌我烦嘛，你回张园好了。”

她劝致晖回张园，最近已经不是一两次了。后来，一位作家在牌局上被她说服了，要为她的电影梦出一份力。她在微信上、电话里，面试了一大堆摄影师，希望对方抱着共同创作的心态，在工钱上面给点折扣，而对方都把她的情怀当生意来谈。最后是一个双臂布满文身的男青年给了她些许希望。那位常年在海外跟拍时装发布会的上海人是个摇滚发烧友。经人介绍，陈玲与他一谈即合，迄今都没商议过费用，也没看过他的作品。陈玲的朋友们，包括其他两位投资人都很纳闷，她那么难以取悦的刁民，这次怎么了？

“我觉得我们不光要考虑怎么把这个纪录片拍得好，还有，怎么把这个片子的发行做好，让更多的人看到，而不是说，哦，拍了一个很不错的东西，然后就结束了。”

回忆起来，陈玲认为自己是被摄影师的这席话征服了。在听闻项目的更多细节之后，摄影师甚至主动提出，在经济允许的情况下，他也愿意出点钱。他只提了一个要求，希望陈玲尽力物色一位优秀的发行人。这样说固然并不礼貌，但摄影师的坦诚让陈玲印象深刻。

“是的，讲起发行我倒真的是外行。”陈玲说。她望着摄影师，丝毫不怀疑自己的眼光，她看到了热情，还有壮志雄心。陈玲何尝不是一个信仰热情之人。在这点上，孙炜的感触更深。初识的夜晚，他们在新疆餐厅聊到凌晨，先前点的那份大盘鸡前所未有地遭遇信任危机，后来几乎原封不动地被孙炜打包走了。餐厅里仅有的两桌人始终在对话，上海话和维语，如同两组爵士小乐队，各自在左声道和右声道独立演奏。话题不全是纪录片。陈玲倒像是经纪人，建议孙炜的演出应有新拓展，不是加乐手，呈现更传统意义（自由爵士也很传统）的爵士乐，而是和诗人或者小说家合作。她尤为看重小说家的介入。理想的表演是孙炜和小说家的联袂：色彩绚烂的中短篇小说，散文笔触，经由作者之口娓娓倾诉，孙炜的萨克斯演奏需要收敛，但是收敛并不意味柔情似水。

“听上起有点像小说配乐。”孙炜睇一眼陈玲，有些为难，还把它述说出来，并不希望小说的阅读沦为摆设。

“所以要加多媒体啊，”陈玲解释道，“事先拿小说内容打成投影，听众通过文字阅读进入小说世界，对他们来讲，萨克斯跟人声都是乐器，都是配乐。”

后来，他们真试了一把。在陈玲的朋友开的画廊里，随便围一块区域冒充舞台，所有表演都是即兴的。孙炜的功课多一些，事先熟读了致晖的一篇小说，还特地向领导请了周六的假。致晖厌恶这样的尝试，更何况，是和一个如此阴郁的家伙搭档。致晖甚至不知道对方的名字，真实的长相，排练之时，还要用“船夫”这样糟糕的称谓来摆渡。有那么一小段，他的魂魄被记忆拐走了，傻傻地站着，在心底默念道：“划吧，划吧，该死的船夫，带我去见她。”虚拟的舞台上，两位没有受众的创作者装作玩得很尽兴，表演是自由的。台下的熟面孔都在偷笑这两位壮士。这样违和的画面确实对陈玲的主编构成诱惑。她不是没有考虑过接受邀请，下班以后，一起去酒吧看看陈玲口中的那位“船夫”。原本，她晚上有饭局，公务应酬，后来客户建议推延到下周，她自然乐得在微信上知会陈玲：

“我决定了，晚上和你去看演出。”

因为主编的这句话，陈玲没有像往常那样早退。晚饭选在永康路。近几年，这条小路简直成了市区的新殖民地，铺面清一色的西餐厅。每到黄金时段，整条路的老外联谊会，吊膀子，叙乡愁，混吃混喝。她们到的时候还是“欢乐时间”，套餐吃完，主编点了一杯健尼士。陈玲忆及早年在华山路办公的日子，夜里下班，主编喜欢出去喝一杯。

“那个时候，你比我凶。我撑足了两杯，你一开心，没底的。”

“所以现在只好吃吃柠檬水了，”陈玲说，指尖敲打着玻璃杯，“而且还是常温的。”

“你应该适当多锻炼锻炼。游泳蛮好的。”

“我试过的，每趟游好就反酸，有心理阴影了。”

“你想得太多了。适当运动肯定是有好处的。”

“我也觉得自己想太多了，满脑子都是纪录片。”

主编笑了，喝一口酒，说：“我已经好久没见你那么干劲十足了。”

“你也这样觉得？”陈玲问，“致晖说，我现在成功地把自己活成了一个圣徒。”

“愿你成为一名圣徒，那样你就不会烦恼了。”

“远离烦恼的方式就是放下，我也许应该回浦江镇，回去当农民。”

“这不行。你当农民是上海的损失。”

“屁损失，上海根本不需要我。”

“不要瞎讲，真要这样讲的话，上海不需要任何人。”

“也是。上海不需要任何人，”陈玲唏嘘道，“但是上帝呢？上帝也不需要吗？”

“上帝不一样。”

“如果我有上帝就好了。”陈玲接着念叨起圣灵对挚友的改造，连老公都是上帝介绍的，惊讶她居然要结婚了，反问这里面父母的因素占了多少？

“总归有影响的。但是老实讲，我对我老公的身体还蛮有感觉的。而且我现在老欢喜小孩的。我希望我明年就好当妈妈，”主编快乐地把一杯啤酒喝完了，冷不丁地打听起她的干儿子，近来可好。

“要当哥哥了。”

“啥？那女人怀孕了？”她见陈玲点头，感叹时间之快。

“快啥啊，离婚都一年多了。”

“但是你过了四年才生的呀。”随后，那场“春晚”风格的婚礼经由主编之口复活了：两个多小时的敬酒接力，给陈玲当伴娘的窘迫，或严肃或搞笑的文艺表演，让收碗碟的服务生看傻眼的《难忘今宵》大合唱。整场婚礼，陈玲几乎是当作品来筹划的。回忆还是美好的，不曾因为前夫的卑劣而褪色，反倒更艳了，正如那些梧桐落叶，被昏暗的街灯染得更黄。她坐在出租上，观赏落叶如何铺地毯，如何被碾压，翻卷着追逐车尾。如此美景，一年只有几天。一想到这，她对身旁的主编说：

"等下的演出老难得的。"

演出着实难得。让主编意外的是致晖的缺席。她以为今晚的表演会像陈玲描绘的那样，致晖会登场朗读他写的小说，实则，他压根就没来。"他啊，"陈玲解释道，"最近像个神经病一样的，在整理我老早的采访录音。"

这间酒吧的环境也很糟糕，主编感觉啤酒掺过水。

常规节目结束，孙炜拉过话筒，演讲道：

"今天来了一位新朋友，据说快当新娘子了。作为一个老光棍，我替她高兴，特别加演一首标准曲目，听不惯的可以回避。"

没等观众反应过来，演奏开始了。彻头彻尾的情歌，甜得发腻，这让陈玲大感意外。她搂着主编，无限沉醉。尾声将至，孙炜无法克制自己对陈玲的凝视，仿佛乐手与爵士女伶的默契，只待她倾吐最后的衷肠：

"Each time I look at you，I'm limp as a glove. And feeling like someone in love.”

陈玲只是默默欣赏。她看到的是一个融化在旋律里的乐手，戴着墨镜，至于墨镜的背后，她一无所知。

4

推开家门，看到客厅的唱片柜，孙炜才想起摘下墨镜。他已经习惯了，家与公司之外的区域，世界是晦暗的。那副墨镜还特别黑，假使他吹着萨克斯在地铁车厢走动，也许会有好心人丢几枚零钱，或者，被从天而降的警力带走。好在他上下班并不借助任何公共交通。假使没有那条臭名昭著的马路，家与公司本是一体的，就像大学的寝室与教室。因为近，他有资本步行上班，所以时常迟到；因为近，方圆一公里同等条件的老公房，这里的租金最便宜。一出小区，即便不戴墨镜，世界也是晦暗的。清一色的一条龙生意，披麻带孝地沿街复制，向西蔓延。伙计们围坐在门口，编扎花圈，折叠元宝，闲聊中贡献珍稀的笑容，笑路人行色匆匆。如果有的选，司机多数绕行。有一回，他从宝山出发，去虬江路，赶时间打了辆车，选路线的时候，司机扭头向他打招呼：

“我们稍许绕点路好吗？那种地方最好还是避避开。”

孙炜很想说自己就在那里上班，一转念，怕吓坏了司机，免得大家都去那里报道。关于孙炜的工作状况，只有直系亲属相对了解，彼此保有默契，不管不问，人生得意须尽欢，因为一年见不上几面，见面都在饭店。无论孙炜喝了多少，回家，洗完澡，他都要坐在床上读点什么。今天，陈玲送了他一本书，朋友的译作，虽是神学读物，但内容大量涉及音乐。

“小提琴的音色是天堂大门打开时的声音。”

他被书里这句隽语攫住了。很难相信，在十三世纪的波斯，一位苏菲派圣徒会如此礼赞小提琴，要知道，这件乐器起源于十六世纪的意大利。应该是一件中东地区的弦乐器吧，形似小提琴。他给陈玲发了一条质疑微信，没想到对方居然没睡，还答非所问：

“如果小提琴能拉响天堂大门，那么萨克斯能干吗？”

他不敢回答。在他的潜意识里，萨克斯能吹皱流淌的忘川。才半个月，他已经在和陈玲的交流中设了好几层滤网。他不想失去这个朋友：一个实干派，自视甚高，牢骚不断，但是和她共度的时光是愉快的。他感觉得出来，自己招致晖厌恶。他也懒得解释，他们之间不存在矛盾。能够有这样一个朋友就很美妙了，让他想起自己几乎不听的那些爵士女伶，而她们在全世界享有盛名，在上海这个国内爵士文化最普及的城市，很多人对于这种音乐的印象都离不开演唱。有一次，也就只有那么一次，在一家咖啡吧，因为正事都商议完了，他和致晖有了悄悄话的往来。当时他问致晖："你觉不觉得，陈玲某个角度有点像 Helen Merrill。"

"没觉得。"致晖冷冷地应道，然后被服务生领去买单。

有这样一个朋友就很美妙了。好些夜晚，孙炜对自己说。和陈玲在一起的他废话极少，仰仗墨镜，放纵对她的凝视。被她拒绝的鸡尾酒，被她轻吻的苹果汁，当他想起那些喝一杯的邀约，他觉得自己在别人眼里是怪叔叔，而她拒绝的时候，右手会下意识地挥舞，仿佛好友相逢。

"萨克斯能当闹钟，明天下午见。"发完微信，他决定睡了。明天剧组约了金主谈融资，这意味着，他马上就能见到陈玲了，一下午都在一起，甚至半天。让他惊异的是，陈玲把相关信息贴在纪录片的微信群，居然没人响应。难道只是因为工作时间无法脱身？

致晖有一部分是在赌气。他是真的很讨厌孙炜——那个阴郁的谜一般的男人。他当然也可以像孙炜那样告假。此时的致晖，秘密谋划着一个项目，某种程度上，它和陈玲的纪录片是同步延伸的。陈玲只了解冰山的一角。致晖觉得就算全盘相告，陈玲也不会感激，反而会迁怒于他，如同受了诅咒。为了把那些录音听打出来，成为后续研究的基础，致晖牺牲了大量健身、创作的时间。最早的一批录音甚至没有电子化，如同上世纪的机密情报，或者庭审的证据，休眠于二十多盘微型采访带中。要让这批红白条纹的小家伙发声需要专门的设备，致晖好不容易从淘宝网搞来了一台，不过那部品相上佳的二手货丧失了快进和倒带的功能，让致晖非常头痛。磁带太迷你，铅笔插不进去，他在学龄时代磨炼的手动倒带大法不奏效。最后只能牺牲音质，用手机翻录，转电子版，就这样默默苦干，致晖在上班的间隙翻录了大量录音，偶尔，还不忘关心一下微信群的动态：

“你们到汾阳路了吗?”

仿佛他也去融资了，而且已经到了。

那是一栋老洋房，带天井花园，三层楼整个盘下来开画廊。画廊的总部位于法国，打理上海业务的是个五十岁超过的美国佬，精精瘦，一身白西装，见到陈玲，上海话脱口而出：

“欢迎欢迎，进来坐，伞摆在桶里好了。”

音调滑稽，但是语法精准，美国佬的普通话也是如此，完全是中国人的逻辑思维，让人怀疑他是出于何种目的，比方说要在抗日神剧里塑造重要角色，才故意把汉语说得荒腔走板。两年后，相同时节，相同天气，孙炜重访通往画廊的那条弄堂。弄堂右侧停了一辆爬满泪珠的黑色轿车。他独自一人，连墨镜都没戴，摸索着回到记忆里的花园。因为清晨的秋雨，那地方像一本经历过红酒洗礼的印象派画册，被顽固的落叶，酒渍一般点缀得纷繁迷乱。脚步所至，尽是落叶湿漉漉的酡颜。他又见到了那位美国经理，站在门口，正用英语叮咛手下，明晚的开幕酒会少开香槟，多倒白葡萄酒。他扫了孙炜一眼，然后搂着女伴，一位华裔模样的妙龄女郎，消失在幸福的碎步中。

“先生。”

孙炜听到身后有动静，猛回头，确认那个帅小伙不是在问空气。

“先生，展览要明晚才开幕，现在画廊不对外开放。”

“哦，那我在院子里看看行吗?”

“请随意。”说完，对方转身回了画廊，带上房门。

花园里有一张石桌子，围了四把石凳。孙炜掏出面巾纸，擦到相对干了坐下。他望着整栋建筑，那个下午的光影一点点将他覆盖。当时，他和陈玲就坐在二楼的会客室，惨白的墙上挂了一把相貌古怪的苍蝇拍，据说是 Laurie Anderson 的作品，要价五万美金。他们正在争辩这位女权倾向的前卫音乐家算不算摇滚乐，她和已故的 Lou Reed 领没领过证，美国经理适时回来了，嘴上多了一支雪茄，身后的女员工端来两杯咖啡，一杯矿泉水。

“你确定不喝咖啡。”经理笑眯眯地问陈玲。

“水就行了。”

“好吧，”经理靠上沙发，二郎腿翘起，“那么，谈谈你的电影吧。”

从头再来，一首叙事长曲，关于摇滚乐的上海传播。这曲子，孙炜已经听陈玲完整唱了三遍，每次从内容到情绪都几乎一致，让他想起工作时吹的《友谊地久天长》，还有爵士女伶演唱的那些标准曲目。今天这个场合太特殊了，整个过程，他始终静默，仿佛陈玲的保镖，加上那副懒得只在喝咖啡的时候微微后仰的墨镜，拖累美国经理一再出戏，偷偷打量这个无礼之徒。

“我觉得你这个项目挺好的，”经理喝口咖啡，“就是内容和线索多了点，结构有点散，或者说是主题吧，我觉得你应该提炼一个核心主题，把它放大。”

“我们的主题是传播啊。”

“传播是一个过于庞大的概念。如果你愿意提炼一些细微的主题，我会非常乐意帮你做成这个项目，你也知道，我帮中国很多独立导演找过资金。”然后他报了一长串响当当的名字，是对着那副墨镜宣读的。

陈玲坚持她的观点，传播就是一个细微的主题。“如果我去拍上海的摇滚乐队史，去拍整个生态环境，那才叫是大主题。”

“你没有听明白我的意思……你看过 *Searching for Sugar Man* 吗？”在得到肯定的答复后，经理继续道，“那个片子里有一段反映了南非的文化审查。在特定的年代，有些歌曲是禁播的，审查人员在唱片上留下划痕，这样，那些歌就没办法在电台播放了。你懂我的意思吗？我上次听朋友说，说九十年代的上海，很多摇滚演出经常会被文化警察打断，只要他们一来，就不给演了。我觉得这就是主题，细微的主题。”

"那是因为当时的摇滚演出都没有批文，照法律来说，就是非法演出。你说的这些，我们肯定会拍，但是如果一整部片子就谈这种东西，会很无聊的。"说到这，陈玲已经觉得无聊了。她明白，眼前的这个控制狂，试图把她的项目驶向一条媚俗的不归路。他还要求在纪录片中大量引入时髦元素，比如某些场景的再现，应该请演员来演，最次也得动画还原。甚至于，他想力捧朋友的乐队，成员包括一个台湾女人和两个纽约男人，都在上海工作。乐队的植入意味着这部原计划回溯到2003年的影片需要做拉尾手术，不然无法覆盖到一零后的他们。陈玲内心郁悒，却没有当场发作，只是含糊地提些看法，给双方留了台阶。

钱的诱惑后劲十足，尤其是在失去之后——好歹一百万呢。来之前，陈玲想的只是填补几十万的缺口，现在被别人说成草台班，愿意大投入改造梦想，开口就允诺一百万。这一切来得太突然了。她后悔自己感情用事。坏心情陪她从徐汇区走到静安区，和她一起坐进茶餐厅。"刚刚太冲动了，"陈玲看着菜单说，"要不下趟再寻他谈谈？"

"没意思的，"孙炜说，"叫你拍一部你不想要的东西，拍得再花哨，有啥意思呢？"

"话是没错，但是想想总归可惜的呀。"

"照他的路子，这片子出来就不要指望在中国放了，视频网站肯定通不过，到时候只有走盗版渠道，DVD或者下载种子，反正是自己盗版自己。”

孙炜的话具有双重的止疼功效，安慰陈玲，也维护自己。他抗拒百万资金，部分理由是避免自己被边缘化，况且唯有如此，才能坚守作品的创作初衷。多少次了，陈玲当着他的面，声称要拍一部不敢说绝对客观，但力求客观的作品。现在该轮到他表态了：

“实在不行，我再出一点好了。反正你照计划拍，拍到没钞票了，大家再想办法。”

她深受感动，后来在和陆老师的会晤中，这份感动和画廊的奇遇合成一个脚注，为项目介绍的重复注入新的悲色。如果不是摄影师坚持，她应该不会去惊动陆老师。作为贯通上海地上、地下影坛的升降机，陆老师是个大忙人，把他请来，是为了讨教影片发行的事宜。同样是在工作日的下午，整个剧组因为陆老师的莅临凑成一桌，在华亭路的一家咖啡吧，头上飘着爵士乐，面前是仿佛在下围棋的饮料茶点，脚下还有几只白猫在游走。

“项目蛮好，”陆老师沉思道，“应该去申请文化基金。”

“不可能吧，”致晖自嘲道，“摇滚乐呀，又不是唱红歌，没办法传递正能量呀。”

“怎么没传递正能量啊？摇滚乐还宣扬‘我要飞得更高’呢。关键是什么，明年正好是‘文革’结束四十周年，你们这个片子非常讨巧，可以包装成一个改革开放以后中国人民精神解禁——”陆老师说到这，听众们都笑了。后来，致晖通过录音回顾那个欢乐的午后，惊叹于笑声的夸饰。那是彻头彻尾的笑场，女生的尖嗓门尤为恐怖，单凭录音，完全难以想象，发笑的是几位淑女。她们的笑声还影响了手机的录音功能，声场开始颤抖，忽明忽暗，好些关键词夹着尾巴溜走。

“不要笑呀，”陆老师说，“我是讲真的，这个片子可以从文化解禁的角度去拍，这是一个很好的角度。”

“但是这不是我们想拍的角度呀，”陈玲说，“我们只想客观地整理这段历史，上海人接触西洋文化的历史。”

“我晓得，我也没叫你们一定朝这个角度去拍。我的意思是，你们可以参考这个角度，写份申报书，问上头申请补助。等钞票到位了，你们想怎么拍就怎么拍，拍好以后，剪一个版本送审，最好能申请到‘龙标’走中国的院线，再剪一个导演版，送海外的影展。”

“不可能吧。我不相信，上面还会赞助我们？还有，进电影院线放，这我想也不敢想。”

“有什么不可能的呢？”陆老师说，“你没试过，怎么晓得上头对这没兴趣呢？”

听不下去了。致晖把录音关掉，检讨自己为什么不再劝劝陈玲，一年有两季的申报，试一下又没半点损失。可是大家早就预设了结果，这个结果是在陆老师匆匆告别之后讨论出来的，全票通过。没人相信剧组会得到上面的资助。陆老师的热情被辜负了。从唯结果论的逻辑出发，这条时长二十一分钟的录音在那个瞬间就失去了存在的意义。可它仍旧慵懒地躺在陈玲的电脑里，连名字都没改，是一串密码式的数字。

“这家店的老板蛮有品位的，”孙炜说，“放的音乐居然是 John Coltrane 后期最传奇的一个现场。”

“你连这也能听出来？”致晖说。

“单听萨克斯是听不出来的。这个现场的官方录音是去年才发掘修复的，之前只有一点片断的盗版，音质一塌糊涂。你听这音质，肯定不是盗版。你再听，这里面有人声的，这是 John Coltrane 的声音。这个现场之所以传奇，因为他吹到一半突然开始唱歌了。空前绝后的特殊情况，九个月以后，他就死了。”

“你收了黑胶？”陈玲问。

“没，我只有 MP3。”孙炜说。

这段对话没被录音记载下来，它发生在陆老师莅临之前。当时，桌上只有三个人，陈玲正揪着孙炜的墨镜不放：

“不要讲墨镜了，我连你的名字也不晓得。”

“不是叫‘船夫’吗？”致晖自信这个笑话够冷，可惜没人笑。然后孙炜就开始打岔，大谈咖啡吧的音乐。绕了一圈，墨镜主题居然迎来了转折。“船夫”先生破天荒摘下了墨镜，他看着陈玲，面露笑意，颇为奇异的微笑。

5

送什么呢？眼看着主编大婚将至，礼金之外，陈玲总想着备一份礼物。相比较，给孙炜的圣诞礼物就省心多了。她已经有了目标，一套爵士唱片。为此，她在美国亚马逊下了订单，包含主编喜欢的 Nick Cave 的两张再版黑胶。她的如意算盘是，万一没有更好的选择，就把它们用红纸包装一下。那么，是哪两张要担负如此厚重的祝福呢？在 Nick Cave 参与的三十余张专辑里，或多或少，都存在渎神的篇幅。这曾经是陈玲的困惑，她的主编，一位慕道者，是怎么做到与渎神者和平共处的？

“Nick Cave 早期对宗教的攻击是一种姿态，搞摇滚的离不开姿态，为了反而反。就像他的音乐，早期基本上没啥旋律，几乎等于噪音，但是到了中后期，突然变得强调旋律，越来越追求旋律，歌词里的上帝虽然仍旧被怀疑，但是情绪已经从愤怒变为脆弱了，是唯美的脆弱和抒情，脆弱得让人想去抱住他。”

如果说《船夫的召唤》和《我们不再分离》是在这样的宗教异色下得到了主编的怀抱，那么她对《谋杀歌谣》的推崇就富于神秘主义，让人想起中古的圣徒，身上总有一些谜团。这是一张讨论“凶杀”的唱片，共十首歌，每首叙述一个死亡故事。不过，这真的可以吗？在婚礼上，《谋杀歌谣》化身为礼物，只是因为在主编不披婚纱的时候，它拥有她的爱慕。于是，一想到它落选的原因会被主编关注，陈玲就觉得不安。该如何解释人类在唯心思想面前的脆弱呢？如果选择避让是为了换取内心的平静，那么避让的边界在哪里？Nick Cave的另两张专辑就真的无害吗？单看字面，《我们不再分离》简直无可挑剔，但是应景的只有标题，封面的恐怖，歌声的痛苦，编曲的哀楚，这些，事后都在警告陈玲，你的订单有问题。陈玲想，如果说避让的边界是这样的一条橡皮筋，那么从一开始，选择Nick Cave就是错的，而她眼下在环贸商场闲逛，也应该适度避让。就在一楼的中庭，前面那片区域，几个月前有人从四楼跳了下来。

她还在犹豫什么呢？

她缓步走向中庭，迎接她的是一位摩登女士的拥抱。女士矮陈玲一头，示好的动作里包含了攀爬的情趣。

"多长时间没碰着了？"女士欣喜地问，眼里闪着不可思议的命运之光。

"两三年有的吧，"陈玲平静地答道，"你现在，啥情况啊？听人家讲你嫁到英国去了呀。"

"当时行程太紧了，本来是想请你吃饭的。"

"你太客气了。楼下有家港丽，我现在倒是有点饿啦，要么你陪我去吃一点。"

女士欣喜地答应了。她此行是来善后的。什么公积金、基金、社保金、保险理财啊，当初出国的时候都没来得及处理，既然移民已是定局，不如尽早套现。她说的时候，娴熟地把包包、外套脱到沙发一边，露出胸前的十字架项链。

“你信耶稣了啊?”陈玲问。

“老公信耶稣的。”

“你平常去教堂做礼拜吗?”

“在英国的时候是的。”

“真没想到，蛮好蛮好，没想到你现在是教徒了。”

“被你讲得有点不好意思了，”女士双手捧脸，“有的时候，我还是蛮纠结的。我会想哦，上帝啊，没有你，我觉得自己像个傻子，但是有了你，我又像个疯子。”

当晚，陈玲做了一组梦。梦仿佛是在上海的老字号排队买月饼，一个接一个，中间隔着起夜。最近，她就是这样，睡到凌晨二三点，莫名其妙就会惊醒。梦实在太多，多得她脑袋发胀，脚步发虚，浑身不舒服。等到摸出手机，已是上午十点，一堆微信等待批阅。她拉开窗帘，背对着阳光翻看。头一条便是：

“爸爸今天清晨去了，心脏病突发。”

她吓得浑身发颤，因为她的父母正在西北旅游。她以为这是母亲迟发的讣告。理智告诉她这不可能。如果是父亲，母亲怎么可能不立刻致电。这种惊魂未定的情形持续了一整天。她甚至不敢打出租去吊唁，而是选择换两辆公交，到了之后也没有赶紧上去，而是找了一家干净的餐厅将就了一顿早午餐。此刻，她是多么需要致晖啊，即便他的陪伴无法从根本上安抚她。“我在上班啊，”致晖扯着嗓子回应，“我在做一个异响实验啊——来了来了，张工，你听，就是这速度，一千一百转，你仔细听——”电话那头，致晖的声音渐渐被吱吱的噪音替代。她唯有求助于药物。餐后（两天之后也是如此），她按照平常剂量的双倍服药，又多坐了一刻钟，确认身体还行，才拨了另一通电话。

按照约定，陈玲守在路口。隔开一条马路，她发现了行进中的主编，腰上围系孝带。眼看黄灯抢先翻起，她抢险冲了过去，仿佛多等一个红灯，主编就会哭瘫在地。事实呢，恰恰因为她跑到跟前，紧紧拥抱，主编才失声痛哭，刚才还很平静的一个人抽噎道：

“太突然了，实在太突然了。”

“真的不晓得讲啥好。”她还是选择拥抱。两人都哭了，原因并不相同。但是泪水不含任何虚假和做作。

从路口走到主编父母所住的小区通常是五分钟，眼下，这条回程被啜泣、抚慰以及对清晨的痛苦回忆拉长了。主编的父亲是凌晨三点多突发的心脏病，当时，他正在上厕所，回卧室就不行了。母亲大叫着推醒女儿，吩咐她去叫救护车，然后继续按摩老头子的心口。大家都尽力了。医护人员后来整理散落的急救设置，也没忘记安慰几句。

次日，陈玲回公司，同事们知道她去祭拜过，纷纷过来打探。

“她就一直哭，一直哭，”陈玲长吁道，“我也不晓得讲点啥。”

广告部的领导叫陈玲过去，让她通知整个编辑部，周六下午去殡仪馆，能帮忙就帮忙，如果治丧人手足够，权当送老伯一程。

“如果大家愿意，当然是好事情，”陈玲向领导表态说，“就怕有些人比较忌讳。”

“通知总要通知的，去不去是他们的事情。”

于是，陈玲平和地逐一转告，收获了丰富多彩的婉拒理由。比如家里有小孩，在这种场合亮相回去会妨害幼小的生灵；比如过去的不堪记忆，参加完亲戚的葬礼，回家后大病了一场；有一位同事极爽气，没有为难与嗫嚅，非常爽气地回绝道：“又不是自己的父母喽，那叫没办法，要不然，啥人要去这种地方啊。”还有人问陈玲，难道她周六真的要去？

“我肯定去的，”陈玲说，“要不然编辑部一个人都不去，肯定讲不过去的呀。”然后大家就给她出主意，渲染各种禁忌，如何规避，临了，叮嘱她代买花圈：

“钞票我回来给你，但是千万别拿我的名字写上去哦，写编辑部的名字。”

“帮我也送只哦，也写编辑部的名字。”

附议的声音四起，她满口答应。所以，那天她在现场出现的时候，走在前面的是个干瘪老头，黝黑的双手各自缠了一盘盘惨白的花圈，下垂的白幅，黑色毛笔字的内容如出一辙。老先生店里还有生意要忙，脚下生风，走上一阵，必然要回头等陈玲。他把所有花圈都停在小厅门外，围着贴了“丁府治丧”大字的箱体，然后匆匆离去。

都是人，基本都不认识。她期盼已久的主编的婚礼，换了基调，在这里预演了。签到之前，她颇为犹豫，最后用“编辑部全体同仁”的关键词打发了那些顾虑。相关人士递给她一支白花，一段黑纱。她和主编打了个照面，按下悲悯与恐惧，躲在窗口观望。整个楼面有好几个厅，好几户人家同时操办，吵得任何安慰与哀痛都残破不堪。让她惊讶的是，几乎所有的情感都借由上海话来表达，换句话说，在场的上海人比例高得离奇。可是，为什么会有“离奇”这个判断呢？她在心里嘲笑自己：“这是在上海啊，如果不是因为对这座城市有强烈的归属感，谁会愿意死在这里，葬在这里。”

葬礼开始了。主持人，一个梳分头的奶油小生用肃穆的普通话招呼大家进去。仿佛指挥，这位殡仪馆的工作人员站在台前，音乐响起，各种流程。最先致悼词的是丁父生前单位的代表。几乎所有的这类代表都遵循一些原则：四五十岁的中年男子，残余的几缕发丝盘在头顶，对着文稿念，逝者名字换一下就行，说上海话，语速凶残。

轮到主编登台了。

“两天前，”她清清嗓子，“当我知道我要站在这里说点什么，送别我的父亲，我的心情非常迷茫。我不知道该说点什么。朋友建议我去网上找一个模板，说照着读就可以了。我照做了。我下载了一个模板。我读了，我发觉这不是我的父亲。完全不是我的父亲。我的父亲非常特别。一想到就这样稀里糊涂地送别我的父亲，我就，我——就没法控制住自己的情绪。我的父亲非常特别。真的，他非常特别。我站在这里，扪心自问，我的父亲到底是怎样的一个人？我很惭愧。我觉得自己并不完全懂他，起码，他有很多行为和思维是我无法理解的。但是，有几点我非常确定。我的父亲非常爱我。他是一个脾气比较糟糕的人，但是他从来没对我真的发过火。在我有记忆的三十多年里，在我面前的他是独一无二的。我见过他和朋友吵架，和亲哥哥打架，所以我想，大家叫他'阿胡子'，不光光是因为他满脸的胡子吧……"

发言持续了六七分钟，回忆了大量生活点滴，除了"阿胡子"等绰号用沪语，其余都是通过普通话讲述的。全程，主编和亲友都有眼神交流，看着他们中的一部分和她一样哽咽，手指与眼眶一而再再而三地相互为难。最后，所有的目光都移聚到唱圣歌的教徒们身上。他们整齐地排成一列纵队，清唱《追思歌》，一首宗教领域的标准曲目。队伍末尾站了一位孕妇，挺着六七个月大的肚子。葬礼伊始，陈玲就特别关注她，按照编辑部同事的说法，孕妇是最不应该在这样的场合出现的。孕妇的红肿眼眶、质朴歌声攫住了陈玲，让她想起某位足球教练的名言，说人这辈子只需要四个朋友，因为出殡的时候，抬棺材的是四个人。她觉得，这个数字在上海要多一点，因为本地没有抬棺材的风俗，也没人愿意抬，倒是需要敲钉子的人，钉子一共有五枚。她这代人，不可能像爷爷奶奶那辈，儿女成群，那么，她有五个这样的朋友吗？想到这，她的眼泪就又打转。

再听到音乐是在户外。灵车伴着《友谊地久天长》的旋律缓缓前进，带着一个九人的方阵，仪仗队六人，殿后的是三人乐队：小号一把，圆号一把，次中音萨克斯一把。陈玲打量吹萨克斯的那个大块头，觉得眼熟，尽管他穿着礼服，戴了礼帽。孙炜也发现了她，被她的错愕表情、她的视线扫得脚步混乱，好几小节的音符从他嘴边悄无声息地逃走。可他不能逃。他能想到的最佳应对是坦然面对。于是，他正视前方，专注吹手中的萨克斯，吹那首《友谊地久天长》。

6

灵车已经驶远了。孙炜退至一旁，拔出吹咀，把萨克斯倒个向，抖铜管里的口水，一抖再抖，等着被问罪。陈玲并没有给他这个机会。他站在那里，目睹陈玲随了人群离去。此后是长达一周的失联。没有电话，没有短信，微信群聊和她的朋友圈也停止了更新，仿佛那次不受欢迎的相遇只是一个梦，他们的友谊是梦的一部分。他被迫拨通了陈玲的手机号，请求和她见一面，用的是上海话。

他们约在茶餐厅。那是某个工作日的下午，在孙炜看来，下午比晚上合适，正如不戴墨镜要比戴墨镜合适。或许，陈玲还不适应这样坦诚的会面，他们能够交流的，只是喝什么饮料，点不点小吃。之后，随着服务员离去，一个蓝色环保袋被陈玲递了上来，里面装了披萨盒模样的东西，连同她平淡的祝福："圣诞礼物，不晓得你欢喜吗?"

"你太客气了。圣诞节还有半个月呢，是不是有点早啊?"

"讲好碰头嘛，就顺便带过来了。"

"谢谢。"说完，孙炜才肯接过礼物，脱掉环保袋，搁在桌上，右手抚摸。纸板盒的外包装还没拆，却有不少运输磕碰，以及人为撕破的痕迹，就像一封信，被强行揭去了邮票。

"运过来就这样了。外头本来贴了我的地址，我撕掉了。有点难看哦，里面应该没啥问题。拆开来看看。"

"那么客气做啥?"孙炜并没有拆，"这包装我熟的，'美亚'专门用来包黑胶的。"盒子左上方印了个大黑框，包含三条英文指示："热敏感""易碎""小心轻放"。他看着，抚摸着，把盒子翻个了面，指着易撕条说："老版本的包装，此地有一句莎士比亚的台词：'If music be the food of love，play on.'可惜新版本没了。"

他是对着陈玲的眼睛念的那句台词。他看到她举起那杯苹果汁，轻吻杯口倾斜的液体。然后是长久的沉默，她的下巴与脖子无限接近，表情凝滞，指尖在手机屏幕上发疯似的刷。

“我晓得你生气了。”孙炜说，接着把话题的船头驶往他的工作。

她抬起头，正视道：“我们不谈这个好吗？”

“我只是想跟你讲声对不起，如果我的隐瞒有伤害到你。”

“我想我对你的了解还是太少。这两天，我也在问自己，到底了解你多少？跟一个猜不透的人可以合作吗？我自己也不晓得，讲得难听点，我连你到底叫啥都不晓得。”

“我叫孙炜，子孙的孙，炜是火字边旁的。”

“那么，孙先生，坦白讲，我的确是生气了。而且我还有点怕，头颈骨发冷。自从晓得了你的工作性质以后，我越来越觉得自己是一个庸俗的人，一个不讲道理的小市民。”

“我懂你的意思。这是人之常情。我完全理解。”

“我觉得你蛮难理解的。还记得我带主编来看你的演出吗？你特地为她吹了一首标准曲目。那天，我看到她走在前头，捧了她爸的照片，后头是你在吹标准曲目，我心里就老难过的。我晓得，这样讲毫无道理，但是我就是控制不牢自己。只要一想到丁爸爸没机会参加女儿的婚礼了，我就后悔，我后悔带她来看你的演出。”

“我不是要为自己开脱哦。但是你这样想真的毫无根据。”

“我晓得。我晓得。道理我都懂。但是我就是做不到……”陈玲的情绪有点激动，“我们不谈这个好吗？”

“那么我就讲讲我的想法。对我来讲，这就是一份工作，有不错的收入，可以吹萨克斯，而且的确有为老百姓服务。”

“你就没想过换份工作？”

“蛮难的。目前来讲，这是最好的选择。吹的曲子虽然没劲，不过是有意义的，收入也稳定，可以维持我的生活跟音乐。这也是为啥我在外头只吹自己想吹的，离开这份工作，我就没办法坚持。之前我在酒吧里靠演出赚钞票，也当过家教，这种日子撑了五年多，父母不理解，女朋友也分手了。后头，有趟去参加亲戚的丧事，我看到送葬的队伍里有乐手，我就去寻他们谈，寻他们的领导谈。你问我想不想换工作，当然是想的，但是再怎么想都是空想，目前这是最好的选择。”

“我在想哦，如果有人欣赏你的音乐，请你去美国去欧洲发展，你会过去吗？”

这问题让孙炜慌了神。明显就是一个空想啊，他说的时候还担心自己戳泡沫是否用力过度，转而数落起了自己：“就我这种水平，摆在外国一抓一大把，去了有啥意思呢？再讲了，上海需要我。”

陈玲难得笑了：“你真的这样想吗？我觉得上海不需要任何人。”

孙炜也笑了：“你太悲观了。我不晓得你注意到了吗？上海的殡仪馆是最最上海的地方。”

陈玲说她感受到了，尤其是在工会代表上台致悼词的时候。

“再过几十年，你就听不到纯粹用上海话读的悼词了。”

“这又能说明啥呢？全中国的方言文化都在——”她想说“消亡”，改口用了“萎缩”。

“我不是这个意思。我的意思是，你的纪录片计划让我想起这桩事情。怎么讲呢？我只是希望你的计划不要受我的影响，你应该坚持做下去。”

“你放心，我会做下去的。即便资金不足，我也会做下去。本来就是我出钞票在做，大不了我一个人买单。”她还用一句老古话来佐证她的决心，在那句经验之谈里，似乎每个去过火葬场的人都会看穿一切。孙炜呆滞地听完这段宣言，喝口咖啡，清清嗓子，胡乱鼓励几句。陈玲不知该回什么，也没打算再说下去。取代腕表的手机，作为消遣的手机，再次诱惑她低头，维持一个端庄的形象。静默吞没了整个小包间，孙炜杯中的咖啡绝望地从液体变成泡沫。

她招呼服务员买单。

“我来吧。下趟再你请。”

她死活不肯。

“还拿了你的礼物呢，还是我来吧。”

她找不到再坚持的理由，因为这样的坚持，肢体也罢，话语也罢，她与他之间免不了又要发生一些接触。她没有再坚持，目光在半杯苹果汁与桌面木纹之间游移。服务员和账单来了，堆着笑容，被“刷卡”两个字又赶走了。

“那么，圣诞快乐。”

“圣诞快乐。”

就这样，他与她在餐厅门口话别，没有拥抱，没有握手，没有回头。他想叫住她，这样她就会回头，会多望一眼。他可以把漂亮的环保袋还给她，他可以说唱片连包装既轻且薄，夹在掖下，手里拽着，都很方便。他认定这样可行，认定这样会被再次拒绝。于是，在他的目送下，她钻进了一辆强生出租，带着车门合拢、油门发动的声响，消失了。

那感觉他并不陌生。他停在原处，绷直双臂，舒展舒展筋骨，犹如一个长期缺乏锻炼的人在标准场地打了一场标准时长的篮球，隔天浑身酸痛。他能感觉到乳酸堆积对心理的影响，感觉到挂在手腕上的环保袋，里面的唱片正在晃动。他很想知道，这里面到底是什么。

第四折

少年魔号

1

致晖做了一个梦，醒来后与陈玲说笑似的温习。在梦里，致晖第一次去到了日本，坐船游览古镇，风光如此旖旎，所有景观仿佛村民预知鬼子就要进村了，一股脑儿钻进水里。热辣辣的太阳挂在天上，光芒万丈，让致晖奇怪的是，人在梦里居然还能有间离的思考空间，他知道这是在做梦。

明知是梦，陈玲却很关心自己在旅行团的位置。马桶里的水流声倾泻而出，她提起卡通图纹的睡裤，一溜小跑钻回被窝，身旁的致晖打着哈欠，正准备穿羊绒衫："有你的，我记得我还和你讨论呢，我说你看看那座庙，露出来的那部分真是美啊。"陈玲认为这显然违背了科学，因为致晖连飞机都不敢坐，却能去日本。致晖提醒她，是坐船，一个在温习之初就已交待的细节。

“哦，还有船。采访你一下，万一船翻了，你打算怎么救我？”

“我不知道，我只知道我会竭尽全力的。”致晖低头去吻陈玲露在棉被外的脸颊。那张脸很臭，就是那种冬日赖床接着就得赶去上班的德行。致晖看得清楚，仿佛那张脸上嵌了一扇玻璃窗，贴身护卫着陈玲的大脑。也许，陈玲还嫌致晖不够知心，昨天晚上，她就此做了一个比喻。她说，春节之后，在编辑部里傻坐的每张脸都是臭的——就像滞销的、部分腐烂的哈密瓜，堆在水果店的角落，或者摊到门口，亏本甩卖，苦于无人问津。

这份报纸快完了，他们说的。主编闷在办公室里，心想假使上帝此刻现身，质问报社的所有员工，过去的二零一五年，谁觉得自己是真正称职的，可以站出来——谁又有这个资格呢？

大环境不好，传统媒体唱衰，要说希望，就是遣散费的计算公式如何更漂亮。此事早已不是机密，很多人都巴望着报纸早点停刊，有些老员工早在心里打过腹稿了，待到讣告一出，该怎么抒情，再来上一个标题党，缅怀的文章要贴在个人的公众号，一份影响过上海的周报停刊了，这种风向标事件能踩到社会痛点，刺激阅读量。

致晖相信，这都不是陈玲的设想。她为什么要去宣传自己丢失了阵地呢？这样，她在圈内不就等着贬值了吗？而她的纪录片，离杀青也就更加遥远了。她从未申请过公众号。她早就想好了，真到了停刊那天，一个字的纪念也不去写。随波逐流不是她的风格，但是在遣散费的问题上，她倒是愿意庸俗一把。

她为这份报纸服务了十二年，遣散费不该低于六位数。她设想有了这笔钱，加上先前谈妥的注资，她筹划的摇滚纪录片大概就能开机了。前天，在饭桌上，她还在跟致晖抱怨，说立项之初预计七八十万能拍成，后来在融资的过程中越忙越慌，最虚的就是历史影像这一块，最近从电视台的朋友那里获悉，文广集团早就成立了一个版权部，几十秒的素材，授权费不会低于五万。还有人力物力费用的增长，农历猴年，这部长度在两小时的纪录片，预算已是猴子上树，一百万都封不了顶。

这还只是保守估计。

“那你还拍吗?”致晖急着讨答案。

“拍呀!”陈玲说，“圈子里现在全晓得了，不拍多少坍台啊。”关于影片的制作费，她算是顿悟了。总之，金主不会冒投她这样的素人导演。哪怕她是网红，事情都会好办许多。她打算下周开机，久等无益，不如先把素材拍全，先剪一个几分钟的小样四处化缘。据说这是时下融资的趋势，拿着样片，对外一律宣称素材已经拍完，找金主出点后期制作费，补上临门一脚。半年里能够见效的事情，兴许还能遥望到一些被情怀焐热了的小钱。

“当然喽，你也可以讲这纯粹就是捏鼻头做梦，你看，现在我要坐班。”陈玲放下筷子。

为了监督报社的考勤，广告总监成天丽吩咐前台买了一个指纹打卡机。成天丽三天两头跑机关跑企业拓展别册业务，上海迪斯尼也向她抛了媚眼，希望合作办一本园区的DM杂志，这件事情尚且停留在意淫的阶段，成天丽的肉喇叭已经对准了新老广告客户们。那天报社开会，她呼吁编辑部全员参与别册的制作，必要的话，坚决缩减报纸的版面，听众们的震惊，需要当即通过咬耳朵以及微信吐槽来排遣。

“我们到了最危险的时候。”成天丽疾呼道，建议报纸从四十八版缩减到二十四版，把精力从亏本的主刊转到赚钱的别册上去。于是，陈玲极不情愿地接了三本别册，一本是针对西区十几家公园春游赏花的主题别册；一本的制作初衷是某个区和另一个区合并了，旅游版图和资源需要重新整合；还有一本是“戏聚天地”上半年的例行内刊。三本刊物，两百多页的内容，她需要在四月中之前独立完成，比她更惨的是主编，手头上有四本别册同步操作。

“我觉得我快要发疯了。”主编在午饭的时候对陈玲抱怨，说她昨天晚上喝了很多酒，在家里改别册的方案，一改就是通宵。

仿佛骨牌游戏，作为报社副业的别册不断膨胀，身为别册编辑，陈玲感觉自己站在骨牌的末端，等着被压垮。两年前，她请辞主笔一职，主编挽留她，劝她改任编辑，只负责别册制作，当时，这是一份闲职，现在报社垂危，要像广告公司、公关公司那样热脸讨生活，她感觉自己成了社里的一个氧气筒，只有抽干和爆炸两种命运。

与此同时，成天丽还在积极游说，用各种手段接洽新别册。这是她统管报社的第一年，她迫切地想要证明自己。眼下，她操心的不是别册业绩能冲到多高，明年能否复制，而是现阶段已经接下的那么庞大、那么恐怖的量，能否在合同规定的时间交货。

“我真担心来不及做啊，万一违约，报社要赔死掉了。”主编说。餐叉的一头被她捏着，另一头裹在浓稠的意面堆里。她嫌酱汁过于油腻，配菜吃掉就感觉饱了。

“光你和我做肯定来不及，你和成天丽讲呀，好东西要大家分享。”陈玲说。

“问题没人肯做呀，除了你，谁都没有义务讲必须要碰别册的。”

“对的呀，你也可以不做的呀。”

“那我是主编，不能看着你辞职呀。”

这恰恰也是成天丽的烦恼。员工们对于别册的抵触情绪让她处于战斗状态。或许，他们会消极怠工，和她谈条件，比如取消坐班，比如增加收入。成天丽是不会妥协的，照她的路子来，要不，就全部滚蛋。她的原则是绝不开除，开除就遂了某些人的心愿。要清理老鼠屎，谁负责的版面，谁写的稿件，永远不让过关，天天开选题会，夜夜推倒重干。

“今天王杰到我的办公室来了，打辞职报告。”主编放下餐叉，用纸巾擦嘴，一擦全是番茄酱的污渍。

“他工龄不长呀，也不差这几万块钱，”陈玲说，“那么成天丽是啥态度呢，打算招人吗？”

“不招，她讲编辑部平摊一下就过去了，要招也是招能帮公司赚钞票的人，接下来，应该是要招人的，成天丽最近在跟人家谈，帮人家企业做微信公众号，写软文。”

这顿饭吃完，在陈玲眼里，成天丽成了彻彻底底的终结者。

2

我们享受着天国的喜乐。陈玲的上司，那位良师益友是这样看待问题的：在传统媒体相继停刊的行业寒冬，这家周报还在运转，按时送印，每周二的上午，正常送到书报亭，这并非是她的功劳，而是上帝的恩赐。太多竞争对手倒下了，从这个世界上消失了，或者从实体层面上化为乌有。同类型的周报，她头上的主编王冠已然是上海的独苗。书报亭的刁民们不像以前那么纠结于出摊费了，主编听社里负责发行的老法师讲：“现在发行要比以前好做，红包都不用塞了，黄浦静安兜一圈，哪家书报亭的醒目位置不是挂着我们的报纸。”

这时期，陈玲为了躲避成天丽，坚决封杀了日月光，转去陕西南路吃午饭。文化广场的对面有一整排的时髦店铺，陈玲和主编习惯跨区去那里用工作餐。主编虽不像绝大多数的同事那样厌恶成天丽，但是在午休时段大谈工作让她很反感。差不多是十一点半吧，一般是陈玲去找她，默契到不动声色往外溜，仿佛她们只是出去上个厕所，或者下楼买杯饮料。就她们两个人，吃完必要花上半小时去逛街，看看新到的外贸服饰，还有各种花卉盆栽。

新年以来，陕西南路的这排店铺陆续开始退租，据说是全面拆除违法建筑的整治行动。她们常去的那家餐厅，帅气的店长逢了熟客必要倾诉，说房子是学校的，现在可协商的只是违约金的部分。陈玲当时认为这应该只是特例，后来借助朋友圈，她发现市区各级院校的周围都在经历类似的整容。

“最近好像连东方书报亭也在拆啊。”主编问陈玲，是否留意这新趋势。“你住在市区也许不觉得，像我们这种宝山人民啊——”主编说昨天夜里回家，地铁站下面两个书报亭的突然消失让她惶恐。

“我听致晖讲，大自鸣钟好像也要拆掉了。”

“大自鸣钟不是老早就拆了嘛。”

“建筑本身没拆，”陈玲说，“市场搬掉以后，内部结构全部敲掉了，后来就一直荒废了当停车场。”

“像大自鸣钟这样的淘碟圣地，你们的纪录片是不是应该把拆的过程拍下来啊？”

“我打算夜里在群里讲一声，具体还要候摄影师的时间，不晓得他啥时候回来。”随后，她们聊起某通信运营商。陈玲说那次会议之后就再没回音，多半黄掉了，语气里透着无奈，白白宣讲了那许久。浪费口舌的场面致晖见得多了，纯粹由于那部还没开机、融资艰难的纪录片，他不得不经常与主编同舟共济。几乎每次见面，陈玲便离不开演讲，仿佛是在竞选总统，而站在她身后的这一男一女，无疑是她最鼎力的幕僚。“我已经成功地把自己活成了一个圣徒。”致晖有一回这样对“光明右使”（致晖自嘲“光明左使”）说，缘起是那位虔诚的信徒告诉他，最近做祷告总要顺带向上帝汇报纪录片的情况。

他们还在私底下交流各自是怎么被陈玲套牢的。

“最早是在华山路呀，”主编思忖道，“当时我还只是文娱版的编辑。有一天领导对我讲，讲陈玲下半日要来面试，我就预备等她来了一定要去打个招呼。我约她写的第一篇文章是影评。我挑了一些意大利电影，策划了一个大师专题，她的文章特别好，就是那种湿答答的散文呀。后来我才晓得，这些电影她根本就没看过。你不知道哦，她这个人有多高冷，我看到她的时候就跟她打招呼，她回头看了我一眼。晓得我是谁了以后，只是冷冰冰地哦了一声。这家伙后来就抵赖呀，说自己不是高冷，只是对陌生人不够热情罢了。她讲她来面试并不觉得自己会接受这份工作。她当时一心想成为剧作家，不想天天带着任务去接触那些伪艺术家。”

陈玲当年确实采访了一大堆艺术家，那些采访录音几乎完好无损，反倒是文稿大多散佚了。最早的一批收录在索尼的微型采访带。那些红白条纹的可人儿，致晖是因为负荆请罪才有幸得见。在闵行某个还保有工人新村气质的旧小区，没有电梯的公房，有点冷的六楼，陈玲的父母并不把致晖当客人来接待。他们用类似准姑爷的级别欢迎他，希望他尽早把女儿抬回去，最好加把力，把那个“准”字给摘了。

“我讲你身体不好，就不要那么拼命了，我不过是劝了她几句，她就要我滚回张园去，我当时也是情绪不好，我讲房租是我付的呀，我只不过是讲了这样一句，她就气急败坏地跑了。”

“好了好了，小杨，阿姨替你做主。”

临别之际，那位好心的阿姨还从阁楼理出一整箱东西：“陈玲啊，这里头的磁带你还要吗？都是灰，你不要我就当垃圾卖给收废品的喽。”全是磁带，灰蒙蒙的张信哲，灰蒙蒙的周华健，不仅灰蒙蒙还衣衫褴褛的杜德伟，主要是各种滚石黄标的引进版专辑，还有一些索尼采访带。从那之后，致晖开始了对陈玲的记者生涯的窥视。

“还有这台电脑，H盘里有一个叫‘历年采访录音’的文件夹，后来用录音笔比较多，一般我都会拿录音倒在这个盘里，再发邮件给实习生，让他们听打。”

这种窥视之所以得到官方的授权，是因为它被认定为，可能会对纪录片有所裨益。陈玲对致晖汇编资料的行为不能说是鄙夷，但至少是不太理解的，她更希望致晖像个保镖那样贴在身旁，像个管家那样排忧解难。她当时正和一个阴郁的男人打得火热，这是致晖的理解，陈玲始终否认，但是她很欣赏这种酸溜溜的感觉，有一种民间验方指认的活血化瘀之效。

致晖从未承诺过，他是陈玲的实习生，对于自己的异动，他是这样解释的："我打算把每个录音都听一下，然后帮你分门别类。"这个过程远比他料想的耗时，收获也更为巨大——他后来是带着感激回顾这一段的，那次发生在秋季的剧烈冲突，给了他三位一体的启示。他没想到陈玲居然采访过不少摇滚名宿，还将摇滚的触角伸向了一些外表严肃的作曲家。譬如 T 先生，他是因为一部电影音乐而驰誉全球的，上海既不是他的故乡，也非他求学成长的沃土，他在静安区开了工作室，还在青浦区圈了一大笔钱，搞了一个瓦格纳歌剧式的项目。

"您是 80 年代初去了纽约留学，当时朋克运动在纽约还没有完全退潮，像 CBGB 这样著名的摇滚酒吧，您当时有去过吗？"录音里的陈玲多了一份别别扭扭的尊敬。

"当然，当然，"大叔的嗓音很迷人，未答先笑，"说出来你可能不相信，当时我们那批留学生，我对摇滚乐是最没有偏见的。我后来发现同样是从北京来的留学生，那些画家啊，甚至那些跳舞的都比我们这些作曲的要开明。其实，我对爵士音乐也很喜欢，纽约还有很多爵士酒吧。我也不知道为什么，就是觉得很开心，各种新潮的东西，之前没接触过……天晓得呢，就是开心嘛。”

类似的感觉，在最新的录音中得到延续。致晖不巧见证了整个过程，周日的某个下午，在汉源书店坐到红茶都没了味道。S先生大招手叫来服务生：“小妹啊，再帮我们加点茶。”他此行是为了旗下的一位女艺人，想增加点曝光。那位女艺人的文笔不错，愿意在周报上开个专栏谈谈上海。业务上的事宜，陈玲早就跟主编沟通过了。陈玲大费周章地把S先生请出来，请他喝茶，源于他在上世纪八十年代末的上海，联动策划过一场摇滚演出——民间自发筹办，全华班阵容。那场演出固然已经驶进了忘川，但从多方的回忆来看，它似乎是上海最早的原创摇滚演出，培育了申城的第一批摇滚乐队。

“好事情，好事情，”S先生自认为摸透了陈玲的意图，笑得声线都飘了起来，“终于有人意识到了这段历史，说真的，说出来你可能不相信，当时我们整个音乐学院啊，只有我对摇滚乐是完全没有偏见的。”

陈玲请他展开谈谈，包括筹办的初衷。

“这个要感谢刘索拉了。我是在北京的一个学校食堂里看了她办的一个摇滚演出，非常震撼啊。当时对我来说。那我回了上海以后也想办一个，当时上海好像没什么摇滚乐队。弹吉他的文化是有的，但离摇滚乐好像还很远。我就托朋友到处打听，我们确实发掘了一批人。”S先生逐个列举，把每个名字都念得仿佛外国摇滚巨星那般沉甸甸。终于提到那最重量级的某位歌星了，S先生顿了一下，双手比划，回溯当年将他从校园里挖出来的过程。后来，在一个更早的录音里，致晖发现，那位歌星也有类似的离愁别绪：

“那是不可多得的一个时代，尽管这样一个摇滚时代持续了不到一年。究其原因，孤立是最大的问题。当时我才高三，所有的九组乐队，印象比较深的有金武林、聂军、阿彦，互相都是朋友，互相还竞争。都是学生，穷得很，就在外面租的排练室……那时‘通利’还没开，资助我们的琴行叫‘青鸟’。我们热血，梦想着写出优秀的作品，但当时无论是媒体啊……”歌星有一长段的吐槽，对社会方方面的观察，关照陈玲隐去，“反正就是不让你演，1990年我们勉强在黄浦体育馆自己去租了一个场地，自己租了音响灯光乐器所有这些东西，然后自己上街卖票。我就记得当时每个人都上街卖票，有一批来自戏剧学院和音乐学院，还有些是其他大学的朋友，现在这些人都在电视台做编导。演出现场那是毕生难忘，上座很好，可惜就演了一场，等说要筹划第二场时很多乐队都解散了。为什么会解散？因为在完成了一个事件后，无力维持。”

3

他们早到了，在大门口对抗寒风。周围一片荒凉，不然他们可以找家咖啡吧或者饭店，捧着热饮等陈玲。金桥工业区就是这样，一个号码与另一个号码，客气一点，相隔一公里。马路上空空落落，风呜呜地响，下个月就是农历春节，人的气味会愈加稀缺。“好在天气不错，太阳晒在身上蛮暖的。”美女制片在纪录片的微信群里留言，接着，补发了一个小姑娘在风中发抖的表情。

约好的下午两点，摄影师早到了半小时。他很兴奋，还带了一个朋友来，破口的紧身牛仔裤，高帮帆布鞋，这两位都是英伦摇滚风。昨天晚上，摄影师在微信上开小窗问陈玲：

“我能带个朋友来吗？”

“可以啊。”陈玲对着手机按住说话，嘱咐摄影师明日别忘了带电脑，届时很可能需要他对影像风格做一些介绍，最好再放一点他以前拍过的作品。金主未必要看，但是陈玲想看，她至今还没领教过他的水准。

微信群里，大伙确实很兴奋。纪录片可能会有大笔注资。新来的美女制片说找到金主了，愿意和主创谈谈。制片人是陈玲的作家朋友介绍的，那位作家答应给纪录片投五万块钱。女制片目前替一家法资背景的电影公司打理中国业务，主要是海外大片的中国广告软植入，纯粹的商业开发。她是那种特别有情怀的影迷型从业者，好些大陆独立电影的海外发行，包括电影节的参赛，与她有关。有了她，这个项目似乎有了希望。

女制片的大学同学就职于某通信运营商，为手机端开发原创短视频。这位沉稳的男士把剧组人员引到八楼会议室，每人发一瓶矿泉水，帮忙接投影的端口。器材故障，怎么调整都是蓝屏——领导来了，两名记录员随同。领导在陈玲的对面落座，摊开小巧的笔记本，黑色水笔在他的左手旋转。

“不放 PPT 就这样讲行吗?”陈玲问。

“可以啊。”领导说，把坐姿换成另一种更舒服的二郎腿。

“那我就大致介绍一下我们的项目。”陈玲说。她说了不到五分钟，领导挥手打断道：“好了，好了，摇滚乐我熟啊。”他清清喉咙，说：“你这个题材挺好的，我以前在北京就拍过，后来我去上海电视台工作，上海的那些摇滚乐队我都熟。那个‘顶马’，是我兄弟。”

“‘顶马’啊，”陈玲说，“陆晨我们是打算采访的。”

“那是我兄弟，如果你们要拍，有什么搞不定的，我们都可以出面。我们不光是出钱帮你们圆梦，我们还是一个孵化基地，无论是技术上、艺术上、人员上遇到困难了，只要合同定了，你们遇到任何困难都可以来找我们。”领导想了想，补充道：“其实你这个题材并不新，我当时在北京就拍过——”

“角度不一样吧，”陈玲说，“我们这个项目对上海的摇滚乐队着墨不多的，我们主要是拍摇滚乐在上海是怎么传播的。”她感觉有必要就此展开补充，因为这牵涉到创作的导向与原则。被她这样一打断，领导问助手讨了一瓶矿泉水，仰脖子喝水。陈玲试着放慢语速，透过领导身后的玻璃窗，她看到民工被粗绳子斜吊着，缓慢地从天而降，先是一双腿，再是躯干，挥舞的手臂，以及不断往下滴水的保洁工具。

“听了那么多，我有一个问题哦，”领导插话道，“你们要拍摇滚乐，那么摇滚乐最关键的三大要素你们打算怎么处理？”

陈玲懵了，完全不明白何为摇滚乐的三大要素，是从音乐风格上来分，还是从乐器配置上谈。她扭脖子看制片人和摄影师，试图用眼神获取一点提示，摄影师低着头，手指悬在手机屏幕的上空不足十厘米，制片人则忙着往Mac里键入会议记录。陈玲的微妙表情让领导很是满意，他又清清喉咙，声音深沉了起码一个八度：“Sex、Drugs、Drinks……我觉得摇滚乐最关键的就是这三点。”他的英语口音有一定的误导性，陈玲基本没听懂。领导或许是体察到了，或许是想再深化强调一下会议精神，摆出一个吹喇叭的姿势，字字重读：“性、毒品、酒精。”

“这些我们倒没考虑过，”陈玲按捺住极强烈的反感，“当然，如果您觉得这些是必须的，我们也可以往里面加。”

“必须啊，当然是必须的。你不拍这些就不好看啊。还有，我不知道你具体打算拍多长。”

“估计是两个小时左右，但是我们有考虑你们的平台特性，我们可以另外剪辑一个八集的精华版，每集十分钟。”

“八集是吗？那么我的意见哦，”领导清清喉咙，“我只是提一个建议，也就是说，假使我来导演，我会怎么拍。我觉得每集最起码要一到两个人哭。不哭就没人看啊。你想啊，一群搞摇滚的，年纪大的得有四五十岁吧，一群大老爷们在镜头前面痛述家史，追忆热血沸腾的青春。他们很可能到现在还一事无成吧，谈到动情的时候，能不掉泪吗？对吧，哭得越惨越好，对，必须哭……”

4

病房里聚集了好些弟兄姊妹。主编的教友，一个小姑娘，二十九周早产，她丈夫也是教会里的。小孩子一出生就进了 NICU 重症监护中心，一天三千多的医疗费，要住七十天，对于两个工薪阶层的新上海人来说，生活突然变得很沉重。教友们凑了十万块，他们在进病房之前先用洗手液消毒。新妈妈听了大家的祝福，不停地在抽纸巾。可是，这里毕竟不是 VIP 病房，不能像在教堂里或者团契时那样赞美上帝。查房的护士推着小车，嗓音清亮，命令他们收敛一点，不要影响别人。

摄影师在微信群里问陈玲，金主承诺的路演答辩还办吗？他接着还要去一次纽约，拍一个时装发布会，如果答辩还需要他，最好尽早确定时间。主编因为答应出一万块，也被陈玲拉进这个“纪录片主创群”。上次的答辩她没去，只是听陈玲在午饭的时候提过，说谈得还不错，散会后，金主约他们下周五再来一次，说有一个大型的路演，所有申报项目都要经过专家考评，一旦通过，就可以签合同了。可是现在半个月过去了，音讯全无。

“他们年底非常忙，我到现在也没接到同学的通知，可能答辩被推迟了。”制片人说完，这个群就停止了更新，坠到看不见。

春节之后报社实行坐班，主编和陈玲几乎天天见面，午饭时间，经常会聊起纪录片的进展。“我也不提，但是如果她还叫我去答辩，我会去的。”陈玲口中的“她”，主编还蛮想见见的，知道她监制过 K 先生的电影，对她存有好感，还有八卦的欲望。K 先生是主编的校友，确切地说是主编的学长。自从拍完那部关于上海八十年代末弄堂生活的剧情片，K 先生的导演生涯神秘地走到了尽头。这几年已经没有人再提他了，他也非常配合地消失了，成了上海文化在忘川的一张新名片，仿佛他的几部作品毫无价值。

“伊安的话你听过拉倒哦，不要太当真。”主编再次告诫陈玲。

“我晓得，会都开过几趟了，我心里有数。”

“你晓得就好。”主编的心里，倒像是有一堆食物在反刍。数周前，她只是随口一说，没想过会给陈玲寄去希望。那个下午，主编在百盛门口偶遇故人，聊到近况，彼此是既惊讶又感叹。他还在那家唱片公司，她还在那家报社，彼此都为东家服务了十几年，同样身处夕阳产业，却好像都还没干够。纯属巧合，他们在嘈杂的商业街上眺望时光。“有啥项目要么一道合作呀？”伊安（他的英文名字）使劲撺掇主编，“既然我们都有那么多资源，为什么不一道做点项目呢？”

主编也是有点烦了，提了陈玲的纪录片。

陈玲也认识伊安，认识而已，这种不生不熟的关系就像没煎透的牛排，有一种特别的魅力。好像知根知底的朋友都很难合作。小年夜的黄昏，伊安为陈玲的纪录片项目开辟了新的战场。主编是被伊安和陈玲硬拉去的，加上致晖，四个人在空荡荡的唱片公司，在豪华的会议室听新任的制片人画大饼。走出写字楼，天已经彻底黑了，大家各自戴起口罩，回家团聚。陈玲后来回想那次会议，说自己出来走在路上几乎感觉不到地心引力了，就像疑病症患者刚刚接受了心理按摩。

“你听过拉倒哦，不要太当真。”这是主编第二次劝陈玲。

“我晓得，你真的当我是戆大啊，我当然晓得他是在帮我画大饼，不过，就算最后一场空，我又有啥损失呢？”

“来之前我也提醒过你了，他就是这样一个人。”

“但是他讲的有些闲话还是蛮有道理的呀，”陈玲说，“比方讲嘉宾里可以加一点娱乐明星，这我是可以接受的，大不了再剪一个版本嘛。还有，上海拍好以后再去拍其他城市，凑一个系列的想法，我虽然没打算接手，但是从 IP 开发的角度来讲的确是加分的。我就是觉得这种人真的蛮适合当制片人的。”

近乎空载的地铁车厢晃晃悠悠的，时不时发出轰隆一声响。致晖琢磨着伊安散会后送他们出办公室的那段话。他说：“这种项目一定要寻人托底，千万不要自己做，自己出钞票就变戆大了，紧巴巴的，怎么拍得好？两百万跟三百万对资方来讲有啥区别吗？他们肯出两百万，就肯出三百万，但是你呢，你就舍不得了。所以讲，听我一句，千万不要自己出钞票拍，没意思的。”

“有数了。”当时的陈玲笑得多尴尬啊，仿佛她已经成了对方口中的傻子。傻子陈玲轻拍聪明伊安的肩膀，提前献上新春祝福，还不忘加上一句：“那么就靠你了。”

“为陈老板服务。”伊安欢笑着送他们三人到门口。他建议以后纪录片的大小会议都在他的公司里开，具体时间由他来定。没人反对。伊安接着提议：“下趟你们过来，不要揿门铃，门禁坏掉了，左边的门往外拉，不要往里推，直接拉就可以了。”他做了一个示范。可陈玲他们总是搞错，后来又去那里开了几次会，第一反应总是想当然地推拉右边那扇玻璃门。有趣的是，还没等致晖彻底反应过来，换另一边试试，就会传来伊安热情的呼喊：

“拉左边，拉左边。”

每隔半个月左右，伊安必要在微信群里（另一个纪录片情怀组）招呼大家去开会，沟通进展以及他的一些新构想，非常具有建设性的奇思妙想。开会之于陈玲，如果说是一种理疗，对致晖来说，就纯粹是娱乐。他是去找乐子的。他第一次觉得严肃的会议可以那么欢乐。他开始理解领导们对开会的偏爱，两三个小时乐此不疲。

那天，他们谈到了本市土生土长的一位男演员，以前唱过歌，新近因为一部古装剧红透了华人世界。伊安强烈建议把他加到受访嘉宾的名单里。

“你确定他肯接受采访吗？”陈玲问，“谈摇滚乐？”

“他好像不接任何工作了呀，不是说要休息一年嘛。”

“可以试试看啊，”伊安说，“我认得他的表妹。”他刚报了那个名字，主编说：“她啊，那我也认识的，她还在上海交响乐团吗？”

“我们要不要采访一下姚明和刘翔。”致晖用一种特别严肃的语调发问。伊安的回答比他更严肃：“我没问题啊，只要你搞得定。”

5

请女制片吃饭是为了完善纪录片的拍摄预算。上次 PPT 里附件的那张表格太简单了，缺少明细，下周伊安要去和几大视频网站谈钱，一份正规而详细的预算表是必须的。当然，不能不考虑另一种可能，就是女制片听闻有新的制片加入，会愤而退出，那就更得请人家吃饭了，好歹一起努力过。

为了省钱，陈玲只通知了致晖。致晖也明白，他的任务主要是买单。三个人围坐在一张红色卡座上，貌似很融洽。亲口听到女制片还乐意帮忙，这对陈玲来说无疑是好消息。之前，她刚刚把伊安的加入用鸳鸯蝴蝶的笔法交代清楚，说的时候，凝望着对方的脸，预备等下出任何状况，都要积极面对。

“很好啊，”女制片豁达地说，“真的，这是好事。”

这确实是好事。他们还是一个团队，还可以继续合作。三个人关于当前的工作重点逐步展开，谈到后来，年初去金桥的事情俨然想绕都绕不过去。

“你老是打断人家，人家当领导的肯定不乐意啊。”

听了女制片给出的直白而不失晦涩的答案，陈玲在脑子里努力回忆那个下午，自己到底打断过几次。

“这种情况，你应该顺着他，你应该看得出，他碰到了一个自己感兴趣的项目，表达欲望很强。这种情况，你不要管他说什么，顺着他就是了。”女制片随后举了几个融资成功的例子，虽然过程各有曲折，但是归纳之后都是一类经验：拿到钱以前，百依百顺，拿到钱以后，刚愎自负。

“你是在教我弄虚作假喽。”陈玲牙疼似的托着腮帮子。说完她就后悔了，检讨道："我好像又说错话了。"

没有人责怪她，微笑和闲聊这时挺身而出，还有那些有点转凉的菜肴。致晖的意思，不能太过浪费。他吩咐服务员把煲汤拿到微波炉里回暖。那位男生虽然面露为难，但还是恭敬地把砂锅端走了。三人对视，接着核对拍摄预算的某些细节，人工车马，工作餐敲定每顿二十元的标准。女制片许诺周末完成明细表，随后，她去了一趟洗手间，回来念叨起儿子，作为早退的解释。

当晚的水逆还有下半场，在一家生意冷清的酒吧，还是三个人，坐在陈玲和致晖对面的改成了大叔。会晤的目的越聊越含糊。大叔的身份也很含糊，他的乐评阵地早已丢失，电台主持也是二十年前的远景，这些年他专注于他的文化公司，接一些在沪的商业项目，帮忙敲敲边鼓。

"我主要是流行音乐呀，你怎么把我归进摇滚里去了？"威士忌喝到第二杯，大叔的态度终于明晰了。至于是否要在陈玲的纪录片露脸？还是那样，既没接受，也没回绝。"再讲吧，等你拍了以后再看情况。"这之前，他一直忙着向陈玲讨要明确的答案：为什么要拍这个？拍给谁看？

致晖的心里已有分寸。他的手机悄悄地开始录音，连陈玲都蒙在鼓里，嫌弃他说话的方式近乎谄媚。他无非就是引导大叔，让大叔把军功章上面的灰尘擦拭干净，摆到阳光底下。大叔豪爽地与致晖讲解起上世纪的点歌、选歌系统，乃至一些音乐榜单是如何运作的。他们俩这是第一次相见，大叔觉得，小伙子虽然孺子可教，但应该对自己的过去知之甚少。

“到电台里就跟我们握手呀，”大叔紧紧握住致晖的手，做示范，嗓音还哑了，哑得来势汹汹，“‘我们经费很少，多帮忙啊，多帮忙啊。’虽然是台巴子，但是人高马大、胡子拉碴的，肉头厚啊，握手握得来我手也痛了。”大叔说着，收回右臂，甩手的夸张幅度强化了痛觉，不过嗓子恢复了：“后来，我就带他们进直播间。”他分享的是 1994 年的一段花絮，那年前后，中国摇滚诞生了几张经典专辑，幕后推手忙着四处摇旗呐喊，当时，广播电台还是宣传的主战场。

“后来，他们还拉我去吃兰州拉面，”大叔说，“当时的拉面哦，牛肉是一块一块，切成丁的，汤也是清的，哪里像现在，一片一片薄得来像纸头一样，汤里都是咖喱粉的味道。”

这些往事，陈玲早在一些聚会上就领教过。她不厌其烦又向大叔发出英雄帖：“其实上我们就是想让你在镜头前面讲讲这点故事，我是觉得摇滚乐在上海的传播，电台里是帮了不少忙。这就像九十年代香港的‘豁达运动’，他们推广摇滚乐队跟原创音乐，香港商业电台是出力最多的。”

“再讲吧，到时候再看。”大叔反复念叨，杯子里的冰块因为外力而摇晃。他又闷了一口，哈气，哈出一个众所周知的名字，纳闷陈玲找错了人，明明那才是电台里的真摇滚，而且人家还在职，现在是某调频的领导。他的逼问让陈玲有点慌乱。她无法正面回答，更不想扯谎，而是继续强调大叔作为嘉宾人选的绝对正确。甚至于，她还提了正在筹划的一场摇滚讲座，内容大致是纪录片的预演，她笑眯眯地请示大叔，可否拨冗来说几句。

“讲座还是算了，讲座还是算了。”大叔的威士忌喝到第三杯，脸红得彻底，态度越来越明晰。

6

在那个阶段，陈玲有许多理由办这样一场讲座。

她对纪录片的质素要求非常高，她排斥上帝全知视角的旁白叙事，她不允许这部纪录片有旁白。在国内同类影片还依赖旁白推进叙事的规范下，旁白不幸地成为她眼里的最大窠臼。必须跳脱它，尽量跟上纪录片的国际步伐，让精心编排的嘉宾陈述去引导镜头。她在伊安的办公室当着大家的面，强拗地坚持这套逻辑，不管大家如何反对，她执意坚持，声音渐响。

致晖并非真要反对什么，只是想提醒她，这样处理有多艰难。嘉宾素材的拍摄量会大幅增加，有旁白的情况下，或许拍五十小时的素材就够了，现在旁白被赶走了，一百小时也未必能串联出让人信服的故事。还有就是预算问题，后期剪辑的成本必然大幅增加，为了理想的效果，陈玲必须像审犯人那样守着剪辑师。

争执了几十分钟，陈玲多少有点服软，仿佛被敌军团团围住，站在城墙上放出和谈的虚假口风。她服软，纯粹是忌惮预算超支，另一方面，确实也认识到目前的剧本只能算是大型提纲，无法说服剧组同仁。他们为取消旁白设置了一个门槛：如果剧本能细化到每一句台词，起码是每一个场景，那么，涉险也不是没得商量。口干舌燥的陈玲吩咐致晖下楼买瓶可乐。

“可乐？”致晖以为自己幻听了。

“买瓶最小的。”她补充道，随后叹口气，辩解现在是要拍纪录片，嘉宾说什么那是嘉宾的自由，她只是做了大量的采访和准备工作，尚无能力细化成台词。让她更感慨的是，还没开机呢，关于影片的风格就起了分歧，真到开拍的日子，看来矛盾和冲突无法避免。

她想到的折中缓解是办一场与纪录片相同主题的讲座，邀请几位重要嘉宾，讲座的录音听写之后，关键句子可以往剧本里填塞。气氛变了。陈玲私下对致晖明言，担心电影这样讲究集体智慧的团队结晶会被她的洁癖和独裁搞砸了，最后搞得大家连朋友都做不成。她已经不像起初那般决绝了，换句话说，如果没有充实的外资，砸锅卖铁的浪漫情怀不再是她的义务或负累。她已经做好了遗憾接受失败的准备。她害怕面对这一天，是她把大家攒到一起，又是她劝大家散去。“说起来好像有点骑虎难下的意思。”她说这不是她的真实想法，但是好些时候，她会有这样的预感。所以，如果实在拍不成，办这样一场讲座也算是对大家努力的一份手信，给上海的小礼物，基于这点，她要求摄影师全程记录这场讲座。

“器材怎么算?”摄影师在群里问。

“你没有器材啊。”

“我平时都是借的，借划算。”他问陈玲需要几个机位，如果超过两个，还要花钱雇人。

整整一个礼拜。她花了一个礼拜去动员嘉宾、敲定场地。免费场地难找。她的朋友，也是讲座的嘉宾之一，在某 Livehouse 任艺术总监，请示上级之后报了一个两万块的友情价。那时，她倾向于在 Livehouse 办。她觉得会有千把人的观众来听讲座。她的依据是老摇滚、老朋友必要来捧场，或者说，来叙旧；年轻一代花钱看外国乐队演出都很热情，讲座是免费的，他们应该会对摇滚乐在上海的传播史感兴趣的。鉴于人数问题，她没把画廊或美术馆列为首选。她想象不出有那么大的免费场地。与陈玲私交甚好的一位画廊公关后来被她的求助搞得很烦躁，无奈认可了讲座的趣味性和学术性，犹豫该怎么打动老板：“老板会问的，办这个能有什么 benefit?”

在陈玲的回答里，她违心地把观众数量从一千多降到五六百，生怕对方直接以容量为由拒绝，还说：“那么多人来你们画廊，对画廊和展览是个不错的宣传。”

“Anyway，如果老板认可这个答案，可能还是要收一点其他费用的。因为讲座场地需要布置，凳子啊音响啊，肯定要请人的。现在人工很贵的，请个民工没五百块不肯过来的。还有画廊职工的加班费。”

“大概要多少啊？”

“五千块要的。”

陈玲在主编的办公室里通话，手机开免提，完全无视隔壁的成天丽。“你也帮我问问看，”她挂了电话，小孩讨要玩具的纯真眼神，对主编说，“现在问了一圈全部喇叭腔，没一家肯全部免费的。”

于是，主编联系了一家美术馆，场地比较偏，新近换了领导，对花色的人文类讲座颇为宽容。三月的最后一个周日，下午刚巧有档期，嘉宾们也有时间，只是，最重要的那位嘉宾，那位老法师提出了新的意见。他觉得目前的嘉宾阵容太臃肿，两个小时的讲座，六个人在台上，即便删去不可或缺的观众问答，平均发言时间仅仅二十分钟。还有，他对其他嘉宾的业务能力比较悲观。陈玲给致晖展示了聊天记录，老法师只对其中一位亮了绿灯。

“如果我没猜错的话，”致晖说，“他理想中的讲座应该只有两位嘉宾。”事后证明致晖是对的，老法师也是对的。讲座的实际效果是如此黑白分明，两位暗淡，两位夺目，还有一位不黑不白的饶舌主持人，丢给嘉宾的每个问题，他自己先要设身处地评鉴一番，像试吃员，试了之后还不肯吐掉，含在嘴里不停咀嚼。这位客串的主持人本该坐在嘉宾席上，他做了许多功课，开讲前几天错愕地接到陈玲的下课令，和他命运相似的还有一人，这两位名义上都是陈玲的好友，别的嘉宾动不了，只能委屈他们。哪晓得讲座还能像选秀节目那样有复活机制。讲座当天的凌晨三点，运气更好的、块头更大的那一位，收到陈玲的求救微信，说发烧了，要把主持讲座的话筒托付给他。

她是真发烧了吗？致晖表示怀疑。她根本就没量过体温。但是她确实觉得身体很不舒服，怕冷，全身酸痛，有类似发热的体征。

“怎么搞的？”主编问致晖。后者与陈玲到场的时候，离讲座开始只剩十分钟。陈玲第一时间去后台安抚几位嘉宾。天晓得准备工作是怎么遥控完成的，在一辆专车上，通过微信，两个女人好比在指挥千军万马。

致晖觉得，这个事情有点复杂。讲座前一天晚上，她还在剧场门口组织明星观剧团，在冷风中吹了半小时，逐个打电话：

“某老师，您到了吗？哦，哦，哦，我就在剧场的检票口啊。”

多数人都是冲着张爱玲来剧场的，大家对于那位香港导演未必有陈玲的热情。她是真的挺喜欢他，喜欢他导演的建筑剧场，对于他用相对前卫的手法把张爱玲的小说搬上舞台，她已经领教过一回了，觉得还是值得一看的。这位导演去年来上海签了一份大陆的出版合同，选题是陈玲介绍给出版社的。这一回，导演让助手拨给陈玲十张票，托她邀请一些沪上的文化名流来感受他的导演艺术。她基本上请的都是文学圈的巨擘，有一位极重要的张学专家欣然应允，还说要带太太一起来，只可惜演出当日太太病了，不过，散场之后，陈玲倒是对致晖说了一句心里话：

“幸亏太太生毛病，不然以后真不晓得怎么面对他。”

“但是其他人好像统统得罪了，我就坐了毛老师的后头，我看她全程在笑，还一直跟她的小姐妹咬耳朵。还有两位老师中场休息干脆就走了。”

“下趟这种场子不好再随随便便组织了，”陈玲说，“事先一定要先看过。”

他们俩尽量避开那些名流，有点张皇地从另一个出口撤离。出了剧场，陈玲提议去对面那家快要休业的茶餐厅吃点东西。致晖劝她，早点回家休息吧，毕竟明天下午有那么重要的讲座，至关重要的讲座。

“这爿店味道真的不错，环境也蛮好的，我经常去那里吃中饭的。”陈玲说这些不是为了劝说，而是表明态度。她吃完一碗鱼片粥，居然还喝起了免费的港式奶茶。“从来就没见你点过奶茶，其实我们家的奶茶非常正啊。”男店长自作主张地下了单，俨然是陈玲刚才看的话剧的某种延续，所以后来失眠，带出各式症状。次日上午，主编收到陈玲的求助微信，央她尽早赶去美术馆，好像她才是整个活动的主策划；而那个真正的犯罪分子正躺在专车里补觉。

到了现场，整个人都是萎靡的，陈玲只在开场前上台露了个脸，举着话筒说了几句：

“十几年前，我的几位朋友在写一本书，书名叫《华语流行音乐三十年》，书的内容分三块：台湾、香港、大陆。这书一直没能脱稿，如果他们还愿意写的话，书名估计要改成《华语流行音乐四十年》了，或者‘五十年’。事情没做成主要是两个原因，朋友之间闹矛盾，就像乐队一样解散了，还有就是写到大陆这块，遇到很大的阻力，不知道该怎么写下去。大陆上世纪八十年代的音乐出品，绝大部分都没有数码化，我听他们说，那些卡带不要说收集到相对齐全，到可以研究的程度，就连出版社整理一个完整的名目都是很困难的。明明只是三十多年前的事情，为什么现在搞得像夏商周断代工程一样艰难。我想，这是值得我们思考的。我们今天办这个讲座，也就是一次抛砖引玉，很多事情要大家参与了才会有效果。很荣幸，今天来打先锋的都是上海乐评界的老法师……”

随后改讲上海话，逐一引出嘉宾，用掌声和赞誉请他们上台，好似摇滚演出收尾的乐手介绍。

在一种同人聚会的怀旧气氛中，讲座跌跌冲冲持续了三个小时。三小时的故地重游，摇滚乐只是介质，大家是在回顾上海这二三十年来的文脉沿革，因为超时，还影响了美术馆晚上一台活动的准备工作。免费援助场地的黄主任听信主编的谗言，现场布置了三百多个座位，实际只有百余把椅子被人坐过，坐热的占七八成，撑到收尾的不足半数。那虔诚的三十多位信徒无一例外都是自己人，如果不是来给陈玲站台、散场之后定了要去酒楼聚餐的，就是台上嘉宾失散多年的故人，几年甚至更久未见，总有一些肺腑之言要等到散场，见不得陌生的耳朵。讲台和观众席离得比较远，中间站满了摄像器材，镁光灯一直在闪，像明星发布会。考虑到前两排总共三十个座位，很大比例还被亲友团拉拉队占据，剩余的人，似乎不是来听讲座的，而是来创作的。连台上的话筒都有点反客为主的心机，知道某位嘉宾的口才不好，轮到他发言，加倍欺负，不是特别轻，就是发出恐怖的啸叫。

嘉宾们谈完了两个问题，主编接到黄主任的微信：

"听得快要睡着了，先撤了，散场见。"

散场之后，致晖遇见先前拜会过的电台 DJ。那位大个子领导还携了爱妻来捧场，他见陈玲忙于应酬，就和致晖打起了招呼。

"谢谢哦，"致晖感激地接过他的手，"没想到你会来。"

"客气啥，讲座不错，"DJ 环顾道，"帮我跟陈玲打声招呼，纪录片的事情不好意思哦。"

"理解理解，完全理解，换做是我啊，我也会有顾虑的。"

他们又寒暄了几句，还和新拢到台前的老朋友聊起大自鸣钟，知道它快拆了，据说原址会用来改建一个小公园。致晖很困惑，这些侃侃而谈的人，大多是自己的旧相识，现代变奏的网友，当他们走近陈玲，需要她去接待、寒暄的时候，她是什么心情呢？几乎从她眼里经过的每一位都是熟人，她的心是热乎乎的？还是冰冰凉的？

“等下有饭局，全订好了，要么留下来随便吃点。”致晖挽留 DJ 夫妇。拒绝是全面而彻底的，毫无商量之余地。望着他们的离去，致晖的心里居然很是落寞。可是，无论如何，这场讲座算是办成了。举办的目的也达到了。主编也来道别，晚上教会有事。陈玲一再挽留她，手拉着不肯放：“一道过去吃掉嘛，难得的。”

“路上还要大半个钟头呢，还要吃饭。”

“一道吃点，你可以早退呀，打车过去，我来报销。”

“我怕迟到，还是到教堂门口随便吃点吧。”主编的坚持换来了陈玲的热烈拥抱。一种倾诉欲迫使致晖采取行动。他对稍后的摇滚饭局有某种假面舞会的预判，排遣的机会稍纵即逝。他借故送主编出去，在曲曲折折的通往电梯的过道，吐槽与脚步声如影随形。“等下我要好好赞美上帝，”主编仿佛是在对上帝说，轻击下行的电梯按键，“多亏有祂，把我们的美女制片和伊安都安排出公差了。”致晖有同感。没在现场浸泡过就感受不到水的温度。直觉告诉他，陈玲确确实实感受到了。她已经知道这个选题的受众程度了。她心里应该有数了。

7

两位男士依次与致晖握手，都笑着对他说：“我们见过。”

出版家是去年冬天在绍兴路的八又二分之一咖啡馆。那里离陈玲的单位近，工作日的下午特别冷清，适合议事。他开了一家出版公司，每季度都会给陈玲寄书，几公斤重的快递，这里面意外竟出了一个爆款，据说电影改编权已被好莱坞拿下。时下的 IP 开发讲究多平台、全方位，出版家打算分一杯羹，在大陆推出舞台剧版。陈玲在本市帮他联系了一家剧团，双方都有诚意，约好在上海面谈。那个冬日，出版家前脚登机，制作人就接到苏州出差的紧急指令。出版家到了虹桥机场，坐在星巴克吃麦芬蛋糕，拍着大腿，琢磨安排一点什么业务。

“最近忙啥呢？”

“想拍一个纪录片。”

出版家和陈玲在绍兴路一直聊到致晖下班过来。至于那位爽约的制作人，致晖倒是在戏院里见过。一出戏或一场音乐会的中场休息常有类似的桥段发生，上厕所，抽根烟，或者看演出看出了不能承受之痛，意欲回家，出去时撞见熟人。

“啊，是你啊。”

“啊，好久不见。”

致晖那次不是这样。当时制作人发现陈玲的身边有陌生男子，劈头便问："新男朋友啊？"

制作人是企宣出身，在国有院团的宣传科做到科长，陈玲所在的周报，跑戏剧条线的原是一位姓李的小姑娘，大前年考进了耶鲁大学的戏剧学院，一别即失联。当年，制作人和陈玲见面都是其他渠道。陈玲极少给自家报纸写戏评，她要写，只能是朋友嘱托。既然答应帮忙，那戏总要过一遍吧。当时还有短信联系这回事情，在嘈杂的剧场门口，主要是在那尊雕塑旁边，陈玲站着捋被风吹乱的烦恼丝，看黄牛玩耍，小贩兜售。等制作人笃悠悠出现在她的视线，手里捏着一叠内含话剧票或粉色大钞的纯白信封，脸上挂足笑容，陈玲就挥挥手，示意自己看见了。话很难展开，除非是制作人闪电现身，这种突发的袭击，唯一的预警就是在陈玲的肩膀上蜻蜓一点。

"还是一张票？"制作人的话里总带了那么点蓝调。

"一张够了，"陈玲接了信封，挥挥手，"先进去喽。"过了安检，随便找个垃圾桶把信封丢了。她也不拿免费的节目册，下季新戏的预告单片也不放在眼里。她总是独自绕着扶梯，缓慢地螺旋上升，一格一格，每一步都是懒散两字的肢体诠释。她喜欢坐在二楼的包厢，视野好，欧洲浪漫主义小说的经典场景，艳遇的重灾区，最关键的是，坐在四人的独立包厢，看得不爽，提前离席的阴影面积可以尽量缩小。

制作人后来主动卸任科长一职。不久，院团的李姓制作人也退休了，给了他递补改行的机会。改行好啊，一年负责一两部新戏，若干旧戏的复排，他向往这样闲散的人生，而不是像南浦大桥那样，把剧团和媒体连接起来——时时刻刻感到轮胎在自己身上碾压，尾气喷了一脸。换岗之后，夜里轻松了许多，但他仍旧摆脱不了单身，小伙子多帅气，年纪也不小了，居然还单身，这不科学，除了脸上多了一些青春的烙印。这些烙印要用颇厚的粉底才能遮掩。“戏聚天地”五周年的时候，花了二十二万请了“舌尖二”的上海摄制团队拍微纪录片，歌颂申城这些年来戏剧环境的日益优化，陈玲意外出现在嘉宾出镜的名册。替她补妆的男生，一口宝岛腔，嘴里好似含了两枚檀香橄榄：

“你的皮肤真好……哎呀，前面那个男嘉宾，什么制作人，就有点，哎呀。”

这都是“戏聚天地”的马总策划的，几天前亲自打了一通突袭电话：

“陈老师啊，你多帮忙。”

当时陈玲都不知道该怎么回绝。电话里直接让客户难堪太粗暴了。现在事情像一把刀突然架在脖子上，荒诞得她想笑又不敢笑，只好发出一系列的怪腔表征思考。她长考之后决定拉上致晖垫背。致晖听说是去那个剧场也很犹豫。他看戏少，在那里的经历纯粹得可以用灾难来归纳。“不是去看戏，是有一个采访。”她也不解释是去被采访。到了现场，看到影视片场的全套设备，忙碌的工作人员，乱糟糟到处都是吃了一半的外卖盒，灯光打得像开批斗大会，致晖有点晕。

陈玲事先跟导演声明，自己不是戏剧圈的，只是以一个资深观众的角度谈几句。导演的表情随着咀嚼速度的降低而僵硬，他调节了一下情绪，把饭盒搁一旁，说："这样吧，陈老师，我们反正有十道题的采访提纲，你呢就多说一点，话剧这块我们是外行，你自由发挥，反正我们多拍一点素材就是了。"

她唯一顺从的就是化妆方面，大方向是唯美，再化下去就可以去演《游园惊梦》了。一位昆曲闺门旦，在强光的照耀下，对着镜头说了一大堆六旦崔氏的牢骚话，把上海的话剧现状描述成了一场南柯梦。拍完了，她还在念叨：

"就当是另一种声音吧，可以用就用，不用拉倒。"

"这个你放心。"导演说，赶紧吩咐小工整饬设备，接着还有一个著名男演员要来。陈玲在卸妆的时候探听来名字，气得妆也不卸了，急着要撤。

夜已深，剧院门口还能听见小野丽莎的棉花糖音乐，好些小商贩在等散场，歪着脖子，斜着脑袋。卖仿冒 MUJI 餐具的，卖 A 货名牌包包的，卖所谓的丝绸围巾的，他们中的每一位都人模人样地盯着陈玲看，看这个有点像演员的女人。又让你们失望了——那一刻，陈玲觉得自己好比是贻害人间的妖精。

“我想走一段，静一静。”

“你确定吗?”致晖问，“真的不叫差头?”

“你觉得此地叫得到吗?”

他们沿着梧桐树自西而东。左首的老房子大都拆成了废墟，右首的门面多数借给人家开餐馆开画廊开咖啡吧，坐在外面的客人十之八九是老外。本世纪初，陈玲和前夫看完戏经常这样慢悠悠地走到一点四公里外的地铁站。不自觉地，陈玲放慢脚步，她想起一张唱片，一个信仰素食的摇滚歌手在乐队解散之后发的第一张单飞专辑——《仇恨万岁》。

“你还记得我想写的那本书吗?”

“关于摇滚乐在上海怎么传播的?”致晖问，

“我在想，如果有可能的话，可以拍一部纪录片。”

两个月后，陈玲在朋友圈里看到了自己参与拍摄的那部戏剧微纪录片的转发，制作精良，配乐还是后摇滚风格的，自己果然一个镜头也没有。

这都是些老黄历了。这些戏剧记忆所引起的不适感因为等待和胃酸而放大了。致晖在复兴西路口的来福小馆等他们，等一个美国精神病人被排成中国话剧，心里想的是两年来自己在上海被动观看的那些戏。也有让人激赏的作品，海外的剧本或者海外的剧团。他遗憾自己欣赏不来当下的中国原创话剧，坚持看了一些，对中国当代小说黑转路人。严肃小说的读者少，所以容许它出现另一种声音，而影视剧，即便是像舞台剧如此小众的娱乐方式，因为它活生生在观众面前呈现，具有强烈的煽动性，需要更严的管控。

都七点半了，致晖考虑是否给自己先上一份点心。他手中的菜单破得像图书馆外借的人体摄影集，椅套桌布是大红里带了一块块的人工黑，一个一个洞，好些洞显然是被香烟屁股烫穿的。他搞不懂为何要在这里吃饭，这里离剧场又不近。所以后来人到齐了之后，他对饭店的卫生状态发表了另一种声音。出版家在咳嗽。闻到隔壁飘来的二手烟（据说这里是非吸烟区），陈玲说："好像是真不行。"在出版家的印象里，这里是吃环境的饭馆。"要不去楼上吧，"制作人说，"楼上的火锅店好像干净一些。"他主动要求上去视察，不到一分钟，陈玲的手机响了，招呼大家上楼。

对一个受了寒而不是因为流感而咳嗽的病人来说，火锅作为晚饭似乎不太合适，但是出版家是个好好先生。合作谈得相当顺利。他今天的心情允许他坐在火锅边上。制作人点了一个清汤菌菇锅底，得到了陈玲的赞许。就她脆弱的消化系统来说，麻辣的食物很可能会让她在饭局中失态，预防为上，她还拒绝了一切碳酸饮料，勉强接受了去冰的酸梅汁。出版家要了白开水，然后在装满涮菜的小车推来之前，从名牌包包里给自己上了一瓶止咳糖浆，商标上只有繁体汉字与英文字母。

"听陈玲讲你有写小说啊。"出版家喝着药问致晖。后者没想到出版家会对他的写作如此上心，还问他要两篇看看，突然产生了一定的幻觉。于是，他们加了微信，致晖回家之后索要了电邮地址，深夜寄了两篇。没有下文，这倒是在他的预料之内。

制作人坐在陈玲对面，也对小说创作这个话题很有兴趣，问她有没有写小说的打算。他传递出来的表情与语气比出版家更认真，俨然话一开，出版合同就算签了。他建议陈玲写写上海的话剧界，说完，换口气，通过吸管补给点可乐："因为你接触得多嘛，像我，我接触得或许比你深，但我主要是在一个样本上，不像你那么广，肯定会有很多故事。"

这话说得像某巧克力的广告，甜而丝滑，还有一点女性用品的倾向，不渗漏，让陈玲很受用。或许是太受用了，她脱口道："上次去福州路，出版社的朋友也问我，问我想过写小说吗？我说想啊，但是还没想到值得写的东西。她说：'你可以写写上海的出版界啊。'"说完，陈玲转而请教出版家："你觉得这样的揭黑小说有意义吗？"

出版家正欲开口，激动得一阵咳，只好头别到旁边，免得把病菌分享进正在沸腾的锅底。制作人微含着吸管，努嘴道："倒不一定是揭黑啦，我是觉得一个行业有它的游戏规则，不同的政治环境，不同的审美环境，会有很多有意思的东西，没有人去记录，等到时代变了，也就过去了。"制作人见陈玲缺乏热情，笑道："你是怕得罪人吧。"

"倒不是得罪人的问题，"陈玲说得干脆，"是这种小说它是一边倒的。如果真要谈，还不如写个特稿，从纪实文学的角度——我操，我很怀疑中国还有纪实文学这件事，因为很多纪实文学都没有文学应有的审美性，充其量是纪实报道，有些连是不是纪实都要打个疑问。”陈玲喝一小口酸梅汁，帮致晖把肉丸子都往热锅里推，像古代的死囚沉江。她还不过瘾，思忖后报了两个名字：“他们可以写啊，他们更适合写这种东西。”

那两位都是戏剧条线的名记。A是日报的，B是晚报的，后者更具影响力，一只脚踩在朝阳群众的剪影里，和六朝古都的编剧打笔仗，从报纸打到微博，再从微博打到微信，无论技术如何革命，人身攻击坚定不移地披着学术讨论的风衣。

“好像因为他禁掉了好几个戏。”制作人说。

“只是上海禁了。”陈玲说。

出版家好奇是哪几部戏，陈玲掰手指头算给他听。

“北京还在演啊。”出版家喝口止咳糖浆，照旧咳。

这时过来一个印度厨师推销飞饼。出版家因为咳嗽，火锅不敢多吃，要了一份香蕉飞饼。他由于出书要做选题，看了大量本世纪的外国小说，他说自己碰到一点疑问：是无聊的时代造就无聊的人，所以写出来的小说如此无聊，还是现阶段在写小说的都是无聊的人。话还没说完，咳得他赶紧再喝糖浆。

“我觉得中国现在写纯文学的还是蛮可怜的，”陈玲说，“当然，他们的确写得很烂，但是他们的外国同行其实一样烂，就像音乐一样，华语流行音乐死了，其实欧美流行音乐也死了。”

“戏剧也一样。”制作人说。

“戏剧不一样好吗？”陈玲说，“戏剧人家国外挺好的，我们是真心烂。”

“好吧，你说烂就烂吧，”制作人懒得争辩，“反正你现在也不看戏了。”他喝完一罐可乐，倒了一通苦水，还说目前整个行业奇缺剧本，缺到恨不得去网上找。他知道陈玲认识很多作家，问她有没有什么接地气的本子，最好是上海题材的，当代背景的。

“收集 IP 呀，我们现在也是到处在找。”出版家边咳边说，随即喂自己一口糖浆。

“这真是写作者的好时代啊。”致晖感叹道。

“是呀，一本卖过十万册的畅销小说，电影改编权卖了两千万，这还只是上周的事情。”出版家有点激动了，越说越咳。

8

一片废墟而已。致晖煞有介事地举着相机，问陈玲，还拍吗？他们错过了拆的过程，如今，眼前只剩下一堆建筑垃圾。让陈玲更难堪的是，摄影师失联了，这之前，他们在纪录片的摄制周期上存在分歧，摄影师坚持大快朵颐，而陈玲倾向于蚂蚁搬家。

"还拍吗?"致晖问。这个问题，前天晚上陈玲在微信上也丢给过摄影师，但是他似乎对陈玲的提议毫无兴趣。他一直没有回复，连一个表情都不肯提供。

——他大概还在睡觉。

——要么，他又出国了。

——也许，他的手机掉了。

陈玲在等待中给自己编了许多答案，结局是羞愧地把绿色对话框里的那个问句给删了，仿佛她就没有发出过邀请。她不甘心，后来还是硬着头皮拨了电话，无人接听，这个状况还在持续。

"随便你。"陈玲挂断电话。

致晖告诉自己，最好还是敷衍一下。有一个阿姨，从对面的菜场出来，拎着好些鼓鼓囊囊的塑料袋，打量着致晖。他装模作样地摁了几张，又录了一段高清视频。他都懒得再看一眼他的创作对象，虽然这栋建筑在倒塌之前于他的意义更为特殊。为什么要用遗迹去证明某件事物的存在呢?他想，人的记忆是如此不可靠。先前收集资料之时，他在一张网友拍的老照片里发现自己错得离谱。那栋建筑的正身并没有"大自鸣钟"四个字，尽管它总是被某个群体这样称呼。照片上，"上海宜康电子电器市场"被断成两行，另起一行，字体更小的是"招商热线：627　8108"。电话的第四个数字被一根电线杆遮住了。

"大自鸣钟我也去过的，"主编在饭桌上评点这张老照片，"不过我是去买 DVD 的。”她回忆三楼的某处碟摊，文艺片又全又便宜。

“应该是‘苏三’。”陈玲说，心里掂量着答应或者拒绝致晖的代价，预备等下再告诉主编。

“啥？”

“苏北阿姨，在三楼，所以叫她‘苏三’。”

主编哈哈大笑，休了一个小长假，她的胃口似乎也开了，多加了一份澳门猪扒堡。她们现在吃午饭又改回日月光了。原先常去的那家茶餐厅，如今被赭红色的砖头砌成了一堵墙，周围也尽是红色。她们刷微信，朋友圈里都在转播 JZ Club 要离开复兴西路的新闻。这家本市最知名的爵士酒吧在门牌号为四十六的老洋房摇摆了十二年，在这一轮的时间里，发展壮大，创建了爵士上海音乐节，亚洲第二大规模的爵士音乐节。酒吧通过公众号向大家告别，说接到市委通知，目前租用的门面要回收，未来将恢复机关办公之用途；文末还发了一条启示，寻找面积不小于三百平米的大开间，市中心区域，不得扰民，停车方便。

“市中心，不得扰民，还要好开到凌晨两三点钟，还要停车方便，好像蛮难的嘛，”主编问陈玲，“万一寻不着怎么办？”

“寻不着嘛继续寻呀。”

次日，也是点单之时，主编禁不住和陈玲卖了个关子：“我等下有个内幕要和你讲。”陈玲听了，毫无创意地点了一份番茄滑蛋牛肉饭，期待地看着餐桌对面。主编点了久违的白粥，犹豫再三，把点心从叉烧酥改成冰火菠萝油，再加一份去冰的冻鸳鸯。

“你怀孕啦?”陈玲问。

“没啊，没怀孕，要是怀孕倒好了，”主编说，“你晓得吗？昨天夜里，‘戏聚天地’的马总帮我打电话，叫我明早过去谈谈。”

“怪不得昨日方洁在微信上问我要你的电话，原来是——不对啊，你是主编啊，他叫你过去不符合逻辑啊。”然后她告诉主编，去年冬天，马总请她吃过一顿西餐，也是方洁组局，席间还坐了某网络公司的梁姓老总，两个中年男人在开发一个戏剧公众号，剑指中国最好的戏剧公众号，请她吃饭，就是想让她过去全职运营。

“就是微信主页君，”陈玲说，“也不晓得他们怎么想的，以为我会 low 到去做这种工作，待遇也不谈，就坐在对过帮我画大饼。”

“你要自己开口问的呀。”

“我对中国戏剧就没啥兴趣，怎么开口啊?”

“你当场回绝啦?”

“我情商有那么低吗？我嘛就帮他出点主意。后头韩斐在微信上寻我——‘戏聚天地’最早跟我们对接的就是他。我拿这情况跟他一讲，搞了半天，那个梁总居然是方洁的老公，还是马总的发小。”

主编询问马总的履历。

“老早是报纸的 sales，《青年报》还是《劳动报》啊？反正跟戏浑身不搭界的。他的老婆懂戏，老婆是啥人我帮你讲过的呀。”

“要死快了，这种事情你怎么都晓得的啦!”

“老早一点记者发布会嘛就是大家碰头吹牛逼呀。上海又没啥文化的，只好污七八糟、胡说八道。”

方洁是“戏聚天地”的二把手。马总的约见，后来主编一大清早就赶去了，毕竟是客户，她必须对报社负责。她没见到方洁。马总也没有请她吃饭，连一间封闭的办公室都不愿提供，招呼她去正中央的会议桌。“请坐啊。”马总笑盈盈地对主编说，吩咐下属做一杯卡布奇诺。

“你喝什么，咖啡好吗？我们的咖啡豆很好的，是方老师从哥伦比亚带回来的。”

主编要了白开水。

马总直奔主题，除了一些恭维。随后，他旁若无人地与主编分享他的内心世界。他手上有几个新项目，在这样一个大时代，有情怀的人总嫌时间不够用。好在“戏聚天地”的工作已入正轨，他说自己考虑了很久，打算退居二线，今后只挂个职，“戏聚天地”的工作要交给副总主持，至于人选，他已经有了目标。

当天的午饭时间，主编把这些情况告知陈玲。陈玲很激动，迫切地想要探明她的态度。

“我讲让我考虑考虑。问题是我又不懂戏。”主编担心自己去了只能是浪费纳税人的钱。

“那么这样，你回绝他以后，直接推荐我算了。”

陈玲的回答把主编惊呆了。

“两万块的工资比我现在高多了，而且还不坐班，我可以抽空拍纪录片。”

“这倒是的，实际上你是蛮合适的。”

“可惜人家看不上我，认为我只配做做微信。”

“要么这样，夜里我帮马总讲，要我过来可以的，除非拿陈玲一道招过来。”主编兴头上，说完很后悔。

“哆的哆的，就这样。”陈玲的眼神开始放光，语速加快，不停地灌输这份工作的优越性。就在那个当口，主编愈加地懊悔。如果辞职了，再带走陈玲，就没人替成天丽做别册了。她不能扔下一个烂摊子，成为报社的罪人，这有违于她的宗教信仰。

下班后，陈玲施压似的给主编发了一条微信：

“我有一种很不好的感觉，自己在利用你。这样做太自私了。你做决定的时候千万别顾及我，我很害怕你会因为我而选择去‘戏聚天地’，这样的话，万一你以后做得不开心，难保不在心里埋怨我。”

一个艺术基金，贴补来沪演出的剧目，甲方的快乐，高收入，长假期，以及潜在的对上海戏剧事业的贡献。致晖搞不明白陈玲为何那么兴奋，他担心这突如其来的风波会坏了他的好事，上周五，他向陈玲表明了态度，现在还在等她的答案。

“你不是顶讨厌上海的话剧嘛，你确定你想去？”

“为了纪录片也要去啊，”陈玲说，“有夏冬两个假期，又不要坐班。”

“跟某些人打交道就不尴尬了？”

“我倒是想看看，某些人会不会来托我帮忙。”

“他最近还在做话剧吗？”致晖问。

“做……前两天，还在朋友圈看到他的演出宣传。”

晚上八点多，陈玲又打去电话。主编没接，正好在陪老公看《侬最有腔调》，本埠的一群通告艺人回忆各自与父母的情感纠葛，把一出搞笑节目变成了悲剧。嘉宾和主持人在电视上像流感一样，一个哭完，另一个续上，没说几句就掉眼泪。主编心里难受，到阳台上透口气，直到情绪平复，才敢去拨马总的号码。他们聊了大概十几分钟，谈话内容后来只对陈玲透露了一半。马总对陈玲的能力大加赞赏。

事情就这样黄了。

陈玲说自己已经习惯了，无论什么事情，一旦对它抱以憧憬，诗意地粉刷一番，那画面永远都只是镜花水月。“好像不去想，反倒可能有一点惊喜。”她说。谁让她属猴子呢。她说起小时候看的剪纸美术片《猴子捞月》，说起猴子身上的拉毛效果。

快二十分钟了，她们点的食物还没上来。

陈玲喝口柠檬水，说：“我决定了，还是跟致晖去芝加哥吧。”

“你决定嫁给他了？”

“我只是担心自己并不爱他，”陈玲改说普通话，“我这样说显得自己很糟糕，但我说的都是实话。我很担心。是的，我们在一起很开心。他对我很好，他给我很多快乐，但是，他不是那种很有担当的男人，有的时候哦，和他在一起会让你觉得很绝望的。”

“那你还要嫁给他。”

“我不知道，这也许是最好的选择吧，其实我也需要他，我就是搞不明白，他为什么非得去芝加哥，他说的那些理由让我很是意外。”

“那纪录片还拍吗？”主编突然又开起了上海话。

“我不晓得……现在摄影师给我面色看……他大概是怕我赖他工钱，最早是讲集中了三个月里拍掉，他姿态老高的，讲工钱不要了，给三个月的生活费就可以了——”

“这不是蛮好嘛。”

“六万块呢，和工钱其实差不多的。”

“啥？开销那么大啊！”

“他讲光是房租就要九千块，”陈玲喟叹道，“他也没错，如果拆开来拍，会影响他平常接工作，他的项目全是连在一道的……现在的情况是资金缺口太大，要么我拿我自己的房子卖掉算了。”

主编赶紧劝陈玲，估摸她只是表个姿态。她精心策划的那场讲座，惨淡的听众数量显然进一步削弱了她的信心和意志。现在只要纪录片和她的脑电波形成回路，悲情的水龙头就拧开了，水哗啦啦顺着管道无可挽回地奔向暗黑世界，那里的逻辑是，这个纪录片从选题即是错误的，即便她拍成了，拍得不错，上线后也很难达到预期的收视。她的推理基于讲座的上座率、现场的反应以及后续的回响，几乎没有回响。她是处在一个真空的世界对外喊话吗？她想，这个加速前进的时代如果不是蔑视理性而深情的回眸，那就是自己的问题，是她小题大做了，把一个纯粹个人化的兴趣点放大为社会性的课题。更滑稽的是，她和她的项目还没拿到正规的播放平台。目前伊安和视频网站谈，都是本着招商引资的诉求去的，普遍反馈是认可这个项目，从商业的角度指出它的缺陷——总之，要钱没有，要播还得商量。

“再讲吧，”陈玲说，“我也不晓得，反正有机会我还是想做的。”她反复强调，致晖调去芝加哥工作不过就是一年的光景，纪录片还没彻底放弃，但此刻疲倦得只想换个环境，换换心情。

面条上来了。腊味煲仔饭跟着也到了，主编用调羹使劲搅拌。

“我想，他的心思大概是如果不是一口气拍掉，”陈玲说，“就不打算再参与了，所以一直也没回复。”

“停薪留职你可以接受吗？如果你可以的，我去跟成天丽讲，等你片子拍好了再回来上班。”

“再讲吧，先吃饭。”

“不过，我听说芝加哥的治安不大好。我有一个同学在芝加哥，他讲出去随身一定要备廿美金现钞。廿美金在芝加哥就够毒瘾发作的黑人买包毒品，万一有人抢劫，廿美金给他，基本上没事情了。”

“你这闲话我就不告诉致晖了，”陈玲说，“家伙听了肯定又要抖豁了，这趟要乘飞机已经快要他的命了。”

主编问她和致晖难道没一起旅游过。

“乘过高铁，”她说，“去香港。”

回编辑部后，主编的心情只剩下低落两个字。

生命中无比在意的一个人，她和陈玲一起走过了十余年。这十余年，她们共处的时间要比和父母的还久，彼此之于对方，远比亲戚更重要。这一天好像就要按暂停键了。陈玲从芝加哥回来之后，还能不能恢复现在的画面呢？主编的内心非常忐忑，最终还是释然了：

“如果她是一个基督徒就好了，这样，最起码，等她回来之后，我们起码每周能见上一面，可以像现在这样，一起吃个饭，然后去赞美上帝。是啊，去赞美上帝，去赞美上帝。好在我有上帝。上帝会为我安排的。我仿佛听到了，上帝正在为我安排——天使的美妙歌声，使我们感到满足，让我们醒来就欢乐。”

9

是英国管在演奏，如炊烟袅袅直上，芦苇东摇西荡；是一段轻柔的旋律，简单的不足一小节，萦绕在脑海，像明净天空的几朵云絮。

王家沙的总店就在不远处，购买青团的队伍密密麻麻盘成龙蛇阵，陈玲摘下耳机，观望了一会儿，继续往前走。她约的人还没到，约她的人已经到了，在招商局广场的咖啡馆给她发来语音，说这地方吵得根本没法聊天，问她怎么想到把采访定在这种鬼地方。这哪里是她的决定，是那位女演员（现在正在虹桥开创作会议）的安排，这里离电视台近，下午三点，在这里接受“戏聚天地”的内刊专访，然后再赶下一个通告。

走到成都北路口，陈玲看中一家不太讨厌的洋快餐，有两层楼面，应该不会太吵，预备换个地方。手机里根本没有那人的号码，只有微信，若非上周日的摇滚讲座，散场后他上来攀话，此生该是缘尽了。陈玲倒是还记得这位十年前有过几面之缘的网友，比以前要瘦，认出他以后，陈玲就问了一句：“我听人家讲你移民加拿大了呀，怎么又回来了？”他笑得有点尴尬，想把这五年多的移民史讲清楚。陈玲没工夫陪他扯，她还要张罗晚上聚餐的事，饭店早就订下了，订了两桌，大队人马分由七辆轿车运输。他当然不在受邀的名单之列，作为补偿，陈玲允许他加自己的微信。隔天，他发过来一个陌生公号的展览信息，请她帮忙，在报上给予推荐。她把同事推荐给他，随后又念起那个问题："怎么又回来了？"

他在北美生活了五年，整整五年，只回过上海一次。他说回来之后就不想回去了。西方世界的民主啊、自由啊，他过往孜孜以求的那套价值观，经不起极寒枯燥生活的重压，在他清除屋外积雪的寂寥岁月里，变得和积雪一样，成了远眺的美景，现实中的负累。"当初有多少理由挤破头要出去，后头就有多少理由拼了命想回来。"说完，他奖励了自己一根薯条。"此地薯条倒是蛮灵的，炸得蛮透的。"他又吃了一根，吮指发出啧啧的赞叹声。她多少有点嫌贬，眼神飞到邻桌。两个中年人在谈外地富豪在上海的住房经，说老外喜欢住浦西，尤其是旧租界的老房子，老房子有味道，有底蕴，外地的大多接受不了，喜欢在浦东买新开的楼盘。

"为啥啊？"

"因为老房子死过人。"

他见陈玲听得认真，转身回望端倪。他这样大动静地端视人家，人家也端视他。在外人眼里，他和陈玲面对面坐在洋快餐的二楼，分食两份特惠套餐，倒是蛮像大龄青年的廉价相亲。这里离人民公园不远，他们还都是单身。陈玲问他，怎么没在海外找一个。

"生活圈子太小了，只有同事，没朋友。"他说要是在外国结了婚，兴许能继续熬下去。他是踩着技术移民的生死线过去的，在加拿大的第四大城市卡尔加里的大型超市当销售，同事里有个沈阳人，经常念叨家乡的好，家乡的繁华，颇有当年被劫去美洲的黑奴之苦。他是摇滚青年，没法像他的沈阳同事那样世俗，积极参与同乡会。大陆来的单身，在海外混得不好还有结婚打算的都会去同乡会和教堂碰碰运气。

“那你为啥不去呢？”陈玲问。

“谈不拢，我看不上人家，人家还看不上我呢。”

“你信耶稣吗？”

“我不信的。”他吃根薯条。

说到底，他还是去错了地方，陈玲想。他应该去温哥华、多伦多这样的大城市，他应该去美国，去欧洲，去那些有人文底蕴的地方。他当然也是这样想的，但是这些地方并不欢迎他来打工，所以他权衡再三还是选择了回归。

临近三点，他们离开了洋快餐，在高架附近的十字路口道别。她目送他迈着愉快的脚步融入人潮，穿过高架，向着大剧院，向着市政府的方向前行，等到背影再也无法辨识，她的电话响了。

“你在啥地方啊？”致晖问，“现在方便讲话吗？”

“我在等人，在等一个迟到的戆女人，”陈玲说，“有啥你讲啊。”

电话那头传来风的呜咽，还有咽口水的声音。致晖严肃地表明有要事需要与陈玲商议。他说早上单位的领导找他谈心，说美国总部打算调他过去参与一个项目，大概要去芝加哥工作一年，也许更久，具体得看项目的完成度。他说他考虑了大半天，现在有答案了。他希望再和陈玲商量一下。“你听我讲，等我全部讲光了再给我答案，好吗，陈玲。”念到名字，他改说普通话，并由此继续：“我本来是想晚上当面和你说的，这样说也许很草率，显然不够浪漫。我应该精心准备一番，然后诚意满满地向你求婚。我应该单膝跪在地上，备好戒指，仰望着向你求婚。可是，这些不都是套路吗？该死的套路——我爱你，陈玲。我想我已经等不及了——嫁给我吧，和我一起去芝加哥吧。我不知道该怎么向你解释。我不知道。我只知道这是一个好机会，也许老天是想补偿什么。也许你能在美国找到投资，也许吧，你不觉得你现在活得很痛苦吗？我不是想劝你放弃，我知道它对你来说非常重要，但是，你想没想过换一种方式呢？你不要觉得最近这大半年，我不够积极，其实，这半年多来我也没闲着，你不在家的时候，我一直把它当一个学术论文来做。我知道，你肯定会嘲笑我，笑我根本不懂什么叫论文，是，我不懂，但是我把框架都搭好了，也就是你在纪录片里想呈现的那个框架。结构都梳理好了。包括这半年多以来的采访录音，你不在家的时候，我就在听打录音，因为听打公司做得实在太烂了，我之前让听打公司做过一次，结果人名啊地名啊都错得一塌糊涂，还得我返工。所以后来我就索性自己干了。具体的，我晚上再给你看吧，看了你就明白了。你现在有三四十万字的采访素材。你就算是拍纪录片，不过就是让他们对着镜头再复述一遍，如果你在旧的文献里再下点苦工，你可以写一本很棒的书呀，一样能填补学术空白，这不就是你的初心吗？想想看，在一个干扰比较小的新环境，你安心做你的项目，先拿出一个成果来，也许后面的事情会顺利一些，哪怕结局和现在一样，你也没什么好遗憾的，你想想看，起码你做了，而且做成了一部分。陈玲，我不知道这样解释你能否明白，我要说的是，我此刻的选择是经过深思熟虑的——我需要你，和我一起去吧，我需要你，嫁给我吧……嫁给我吧……”

她幽幽站在原处。

过来几个穿制服的，拎着红白相间的交通桶，布划出一块区域，一辆土黄色的工程车跟在后面，自南向北，笃定地靠过来，黑色圆柱型的破碎锤，昂头，坠落，戳向地面，突突突，突突突，突突突，由弱变强，由强转弱，仿佛一件乐器。